墮落論

坂口安吾

ango sakaguchi

だらくろん

時代感

胡晴舫 導讀

鄭曉蘭 譯

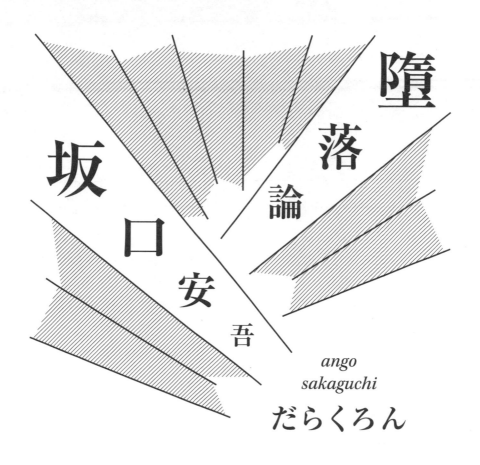

目錄

【總序】

「時代感」總序

——李明璁

謝謝你翻開這本書。

身處媒介無所不在的時代，無數資訊飛速穿梭於你我之際，能暫停片刻，閱覽沉思，是何等難得的相遇機緣。

因為感到興趣，想要一窺究竟。面對知識，無論是未知的好奇或已知的重探，都是改變自身或世界的出發原點。

而所有的「出發」，都涵蓋兩個必要動作：先是確認此時此地的所在，然後據此指引前進的方向。

那麼，我們現在身處何處？

在深陷瓶頸的政經困局裡？在頻繁流動的身心狀態中？處於恐慌不安的集體焦慮？亦或感官開放的個人愉悅？有著紛雜混血的世界想像？還是單純素樸的地方情懷？答案不是非此即彼，必然兩者皆有。

你我站立的座標，總是由兩條矛盾的軸線所劃定。

比如，我們看似有了民主，但以代議選舉為核心運作的「民主」卻綁架了民主；看似有了自由，但放任資本集中與壟斷的「自由」卻打折了自由；看似有了平等，但潛移默化的文化偏見和層疊交錯的社會歧視，不斷嘲諷著各種要求平等的法治。我們什麼都擁有，卻也什麼都不足。

這是台灣或華人社會獨有的存在樣態嗎？或許有人會說：此乃肇因於「民族性」；但其實，遠方的國度和歷史也經常可見類似的衝突情境，於是又有人說：這是普同的「人性」使然。然而這些本質化、神祕化的解釋，都難以真確定位問題。

實事求是的脈絡化，就能給出答案。

這便是「出發」的首要準備。也是這個名為「時代感」書系的第一層工作：藉由重新審視各方經典著作所蘊藏的深刻省思、廣博考察、從而明確回答「我輩身處何處」。諸位思想巨人以其溫柔的眼眸，感性同理個體際遇，同時以其犀利筆尖理性剖析集體處境。他們立基於彼時彼地的現實條件，擲地有聲的書寫至今依然反覆迴響，協助著我們突破迷霧，確認自身方位。

據此可以追問：我們如何前進？

新聞輿論每日診斷社會新病徵，乍看似乎提供即時藥方。然而關於「我們未來朝向何處」的媒介話語，卻如棉花糖製造機裡不斷滾出的團絮，黏稠飄浮，占據空間卻沒有重量。於是表面嘈雜的話題不斷，深入累積的議題有限。大家原地踏步。

這成了一種自我損耗，也因此造就集體的想像力匱乏。無力改變環境的人們，轉而追求各種「幸福」體驗，把感官托付給商品，讓個性服膺於消費。從此人生好自為之，世界如何與我無關；卻不知己身之命運，始終深繫於這死結難解的社會。

「時代感」的第二項任務，就是要正面迎向這些集體的徒勞與自我的錯置。

據此期許，透過經典重譯，我們所做的不僅是語言層次的嚴謹翻譯（包括鉅細靡遺的譯注），更具意義和挑戰的任務，是進行跨時空的、社會層次的轉譯。這勢必是一個高難度的工作，要把過去「在當時、那個社會條件中指向著未來」的傳世作品，聯結至「在此刻、這個社會脈絡裡想像著未來」的行動思考。

面朝世界的在地化，就能找出方向。

每一本「時代感」系列的選書，於是都有一篇紮實深刻、篇幅宏大的精彩導讀。每一位導讀者，作為關注台灣與華人社會的知識人，他們的闡釋並非虛吊書袋的學院炫技，而是對著大眾詳實述說：「為什麼此時此地，我們必須重讀這本著作；而我們又可以從中獲得哪些定位自身、朝向未來的重要線索？」

如果你相信手機的滑動不會取代書本的翻閱，你感覺臉書的按讚無法滿足生命的想望，或許這一趟緩慢的時代感閱讀，像是冷靜的思辨溝通，也像是熱情的行動提案。它帶領我們，超越這個資訊賞味期限轉瞬即過的空虛時代，從消逝的昨日聯結新生的明天，從書頁的一隅航向世界的無垠。

歡迎你，我們一起出發。

【導讀】

墮落是唯一的救贖

——胡晴舫

一九四五年，日本宣布戰敗，終戰翌年，四十一歲的坂口安吾發表〈墮落論〉，呼籲日本人應該全面墮落。

從「健全的道德」墜落，讓戰場生存歸來的義士從事黑市交易，讓寡婦改嫁不再守貞，回歸人性本能，所以能繼續活下去。「我們不是因為戰敗而墮落。而因為是人所以墮落，因為活著所以墮落，僅此而已。」主張人們要掙脫一切文明假象，活得像動物般單純，唯有「貫徹墮落之路，發現自我，獲得救贖」。

戰後日本世道凋敝，國民道德淪喪，夾帶戰敗國的恥辱，有識之士皆提倡回到戰前的「健全的道德」，強調日本人的傳統美德，像是勤勞節儉、忍受肉體煎熬、決不喊苦、服從團結，如天皇的投降詔書所說「忍所難忍、耐所難耐」，坂口安吾大罵：「謊話連篇！謊話連篇！謊話連篇！」他以為正是這些似是而非的制度陋習，使得日本人民走到了幾乎亡國的命運，怎能還回頭撿拾起那些社會價值。

坂口安吾尖銳提問，「這場戰爭的始作俑者是誰？是東條還是軍方？的確是他們沒錯。但同時也是那個滲透日本的龐然巨物，那股讓人無可奈何的歷史意志。日本人在歷史面前只是個順服命運的孩子。」他以為，日本人長期違反人性而活，因為深知人性的脆弱不可信，故意發明出一堆限制人性的政治規範，像是天皇制、武士道，結果便是整個社會活在虛假的欺瞞謊言之中，像自體捆綁了一顆定時炸彈，炸到粉身碎骨只是遲早的事。

猶太政治學者漢娜鄂蘭（Hannah Arendt）指出，德國納粹之所以能成功集體殺害猶太人，其實跟猶太人習慣服從長老有關，引起極大爭議，迄今仍有大量猶太人完全不能諒解她的說法，而坂口安吾在他的〈墮落論〉及〈續墮落論〉對自身民族文化提出嚴厲控訴，同樣掀起嘩然迴響，宛如在民族自信完全喪失的戰後日本再投下一顆震撼原子彈。一般外界所喜愛而日本人也引為豪的日本文化特色，在他口中，全是封建遺毒、可怕的歷史計謀，那些想要使日本人活得像人的措施，反倒讓日本人活得一點不像人，失去了人性該有的態度。

「身而為人還有人性的應有面貌又是什麼呢？簡而言之，就只是：『誠實說出想要或厭惡的事物。』喜歡就說喜歡，有喜歡的女人就說喜歡。脫下『大義名分』、『私通為大忌』、『義理人情』等虛偽外衣，回歸赤裸裸的本心吧……如此一來，自我、人性以及真實才得以從中誕生，並往前邁出第一步。」他大聲疾呼：「日本國民諸君，我要向各位吶喊『日本人以及日本本身都應該墮落』，我要振臂疾呼『日本以及日本人都必須墮落』。」

坂口安吾與太宰治同屬於日本戰後文學的「無賴派」作家，或稱「新戲作派」，面對當時日本社會亂象，專門書寫人性的腐敗墮落，抵抗既定現實，寧可自身絕緣於社會之外，當個人生的失敗者，也不願遵守通行的遊戲規則。他們不但文字放蕩，平時言行也放浪形骸，太宰治吸毒酗酒，一生生活離不開女人，而坂口安吾亦喜好混跡酒肆粉巷，「爛醉如泥、腳步踉蹌地徘徊在幽暗的霓虹燈街道，在鬈髮女人的陪酒助興下牛飲假威士忌酒」，自嘲無可救藥也不悔改。

率先提出無賴派概念的第一人是太宰治。坂口安吾的〈墮落論〉發表在文藝雜誌《新潮》四月號，奠定了無賴派文學的立論基礎。兩年後，留下一卷《人間失格》的太宰治與情婦用繩子綁住腰，雙雙投河而死，女人似乎決心殉情，而老鬧自殺不成功的太宰治這次卻好像只是喝得太醉，糊裡糊塗跟著去了，便糊裡糊塗死了，精神徹底糜爛，隨性所欲，沉淪頹靡至死如一。太宰治自嘲「生而為人，我很抱歉」，但這個說法既帶著酸酸的幽怨，更帶著墮落者的驕傲、輸家的浪漫，他沒有真心在道歉，反倒過來，他鄙夷那些自以為是人的人，不屑與他們為伍。他不是人，因為他不想當人，或說他不想當社會要他當的那個人，他要當他自己定義下的人。他說，「我是自由人，我是無賴派，我要反抗束縛。」

而他反抗的策略便是坂口安吾所提的墮落，讓自己虛弱而充滿恥辱地活著，拒絕一切社會安適的誘惑，禁止自己接受既定成規的保護，以自伐精神去面對人生的挑戰，通過傷害自己的肉體，以保持精神的絕對純潔。寧可當個爛人，也不肯當好人，因為如坂口安吾所說的「善人是種輕鬆愉快的選項」，只要一心一意投入社會制度就好了，遵循眾人之間的約定俗成，不去質疑，不去挑戰，不去思考什麼叫人，相當於默默不抵抗地直接等死。

坂口安吾在〈續墮落論〉裡寫，墮落雖然無趣，而且是種惡，卻帶有「莊嚴的部分，那就是人類偉大的真實樣貌——孤獨」。因為墮落，會遭父母離棄、朋友遠離，全身彷彿散發可怕的惡臭，一上街便遭冷眼唾棄，墮落者即為背德者，將會被迫「脫離常軌，孤身走在曠野之中，縱使惡德無趣，孤獨這條路卻是通往神的道路」。

而今透過時光稜鏡的過濾，後人很快能明白坂口安吾所說的「墮落之必要」，他說的只是獨立思考這件事，擺脫僵化禮教的束縛，不要受社會習俗制約，相信你的靈性直覺，本著良知走。然而，在當時的日本社會情境之下，他的言論與太宰治、織田作之助、石川淳等其他無賴派作家的言行，宛如中國魏晉南北朝的「竹林七賢」，只能用驚世駭俗來形容，自逐於社會之外，對一般約定俗成不但完全置之不理，反倒過來抨擊嘲笑。

人們問，他們怎麼變成這副人間惡魔的模樣，他們面目猙獰地嘲諷，反問日本怎麼走到這般田地。

坂口安吾和太宰治一樣出身豪門世家，母親是縣議員的女兒，父親是眾議院議員，擔任《新瀉新聞》報紙總裁，也是詩人。出生於一九〇六年，本名「炳五」，從小就不守規矩，時常逃課，中學二年級時因為四科不及格而留級，漢文老師恨他難以管教，憤而罵他乾脆改名「暗吾」，與「安吾」同音。後來終於因翹課過多，遭學校開除，十七歲時轉去東京就學。隔年父親過世，全家陷入巨大債務，他去中學當代課老師，逐漸著迷佛教，因而入東洋大學印度哲學系研究佛教，藉學習梵語、拉丁語等古老語言，以療癒自己的神經衰弱。大學時代，他便以敢寫敢言著名，發表文學作品，很快受到日本文壇注視。

他的人生正好落在日本歷史的關鍵時刻。明治維新之後，日本成為第一個現代化的亞州國家，物質發達，文明興盛，軍事力量強，與歐洲強權又聯合又對抗，很快進入中國及其邊緣地區與西方各國爭奪地盤。坂口安吾出生的前一年一九〇五年，在中國清廷的東北土地上，日本大勝俄國，取得東北亞的全面優勢，日本無庸置疑地正式躍升世界強權行列。

這是坂口安吾出生的時代背景，二十世紀剛開始，日本國宛如櫻花燦爛盛開，輝煌如一輪旭日，國勢銳不可擋。他的家庭優勢更讓他浸潤文化，滋養靈敏心智，隨著自己年齡漸長，他目睹日本從璀璨強國逐漸像過了花季的櫻花，花瓣落滿地，只剩下死亡帶來的虛幻美感。

一九四二年，日本深陷戰爭，全民疲憊痛苦，卻無力自拔，不知如何停止這場由他們自己發動的殘酷戰爭，坂口安吾發表〈日本文化之我見〉，首度重力批判「民族性」這個東西。一開始，他便開宗明義自稱他幾乎沒什麼日本古典文化的相關知識，沒見過桂離宮，很少各處旅行，根本分不清祖國山河各地風俗，什麼町哪個村完全沒有概念，對品茗一竅不通，只懂酩酊大醉之樂，對壁龕之類的東西向來不屑一顧。然而，他從來不覺得喪失了所謂的日本古典文化素養，讓他感覺自己不是一個日本人。

接下來，坂口安吾大逆不道，非常政治不正確地開始質疑究竟何謂日本傳統，為什麼日本人要如此順從傳統，真的有傳統這件事嗎？「所謂的『傳統』是什麼？『民族性』是什麼？日本人有什麼必然性格，真有什麼決定性因素必然會發明和服、必然要穿和服嗎？」

傳統是由人發明出來的。「被發明的傳統」這個概念一九八三年由著名歷史學大師霍布斯邦（Eric Hobsbawm）以及其他學者共同提出，而成為一個普遍的概念，然而，坂口安吾遠在一九四二年二次大戰期間便已經提出來，大聲質問他的同胞，所謂的「傳統」、所謂的「民族性」，這些「明明與自己個性背道而馳」的價值習慣，究竟是什麼東西，要讓他們像牛一樣背負在身上，明知前方死路一條卻不能卸下。

對他來說，所謂的傳統只不過是日本經歷過的事物，所謂的非傳統只不過是日本還未經歷過的事物，這其中沒有非不得已的道理。「說什麼『日本以前就有的傳統，因為是過去的傳統所以是日本原有的事物』，根本就不成立。有些存在於國外，日本尚未體驗的習慣，事實上也可能十分適合日本人；反之存在於日本，國外未曾體驗的習慣，事實上也可能適合外國人。這並非模仿，而是發現。」他甚至說，說不定肩膀寬闊的西方人穿起和服比日本人還氣宇軒昂。

不僅在亞州，許多非西方國家在努力現代化的過程中都曾遭遇「現代化等於西化」的哲學辯證，雖然大家都明白文化不該死板，應該演進，民主與威權兩種選項的利弊如此明白，依然有人如香港明星成龍主張中國人不適合民主，拿文化傳統與民族性當作阻擋社會變化的理由。

坂口安吾認為本質重於一切，不管他們是否依然遵循古文化習慣去生活，都不會改變他們生而為日本人這項簡單的事實。他們不是喜愛日本文化的外國學者，他們不需要發現日本，他們生來就是日本人。只要他們活著，日本文化就活著，因為要先有日本人，才會有日本文化，繼承傳統遺產固然重要，能夠創造祖國遺產的人卻是自己。

「只要日本人的生活健康，日本本身就會健康。日本人彎彎的短腿套上長褲、穿上洋服，歪七扭八地走路、跳舞，捨棄榻榻米，霸氣十足坐在廉價桌椅上，裝模作樣。歐美人眼見此情此景覺得萬分滑稽，而我們自己本身卻對這樣的便利性感到心滿意足。」

他的觀點顯然與他前一代東京作家永井荷風南轅北轍。生於明治時代的永井荷風眷戀江戶東京，痛恨日本全面工業化、一頭栽入他視為「空洞的西方偽文明」之中，他日日足履木屐、手持蝙蝠傘信步而行，穿梭於都市更新前的老街舊巷，遊蕩於古寺、荒煙墓地及附近的貧窮街町，他不是不相信現代化，不是不信賴電療、放射礦泉的力量，只是更喜愛那些住在不衛生後街的虛幻人生，仍把生命托付於迷信和煎藥那種逆來順受的古老生活。與坂口安吾正好完全相反，他特別悲痛日本人追求便利這件事，譬如為了方便，就開始使用鋼筆，「大概沒有比近世人熱切接受所謂『便利』一事更無意義了。」

當永井荷風頌讚陋巷、渡船、庭園和長滿雜草的閒地，坂口安吾卻恰恰把他的美學與文學觀建立在「實用」兩字。

對他來說，生活所需決定美感。故鄉舊貌景物遷移，木橋變成鐵橋，他固然感傷，卻覺得天經地義，日本人需要全新運輸工具，需要電梯，比起傳統之美，他認為日本人更需要便利的生活，「即便京都寺廟或奈良佛像全毀了，也不會覺得哪裡不方便，但是電車不開可就麻煩了。」依他看來，仙氣華美的金閣寺或銀閣寺只是「附庸風雅的富豪玩物罷了」，舉世聞名的龍安寺石庭不過相當於一塊佛曰乾屎橛，甚至語出驚人地說，「若有需要，剷平法隆寺改建停車場也無妨。因為，我們民族的光輝文化或傳統，絕不會因此滅亡。」他對永井荷風所鍾愛的一切老街古樓漫不經心，反倒讚美起軍艦、乾冰廠與監獄，認為這三種光禿禿的現代造物非常之美麗，因為身上沒有一絲虛假的美感，完全依照使用目的而被創造出來，「只有必要的物件，放在必要的地方，而不需要物品全被移除，只有順應必要要求所成就的獨特形貌。那是形似本身，不形似其他任何物體的形貌。」永井荷風一直活到了一九五九年，不知道他是否有機會讀到坂口安吾這些文字，要是他真讀到了肯定全身逆血而行。

但這就是坂口安吾，堅持日本人的文化跟他的文學都要因「必要」而存在，「沒有任何一行文字是為了看來美麗而寫」，沒有任何一種文化該為了堅持傳統而留，社會規範要順應生命欲求，而不是限制，否則就變成魯迅口中的「吃人的禮教」。

某方面，坂口安吾與中國同時期的魯迅類似，他們皆熱愛自己的祖國，痛心自己的社會如此衰弱落後，一介書生想要用一枝筆痛下針砭，而他們的結論均是傳統禮教不但沒有助益，反倒是最大阻力，好像中國古代漢族婦女纏小腳，說是文明禮俗，實則是一種民族自殘。

魯迅的《狂人日記》以文學手法，批判舊社會的「仁義道德」虛偽腐敗，已形成了人吃人的社會現象，坂口安吾在奠定他文學地位的小說《白痴》裡，同樣藉由弱智女子的形象，烘托出他認為「人」的真正意義，必須恢復感情的人性，才能引導人類走出生命的困境，而不是靠那些道德教條與僵化禮教。

二十世紀初，魯迅的中國與坂口安吾的日本都在前現代與現代之間掙扎，任何想要進步或改變社會現狀的企圖都被標示為「西化」，視為對土地的背叛，必定會失去民族的尊嚴，任何想要保留文化習慣或繼續傳統價值的想法，就遭駁斥為保守反動，標籤為封建殭屍再世。保守與進步變成一種零和對抗，非彼即此，好像社會一定沒有選擇，人生非得如此。坂口安吾與魯迅無疑地不認同非不得如此的社會選項，但他們花費更多力氣在推翻這些想當然耳、不言而明的文化習慣，希望用思考、以行動，找出社會進步的動力與方向。

留學日本仙台學醫的魯迅在日本學會穿三件套西裝，每日勤梳理，保持外表整潔，因為看了一捲日俄戰爭影片，裡頭中國間諜遭日本軍人處決，其他中國同胞面無表情聚集圍觀，令他醒悟救國必須先從精神開始。他輟學，換回長袍馬褂，回到中國之後，非常不習慣中國依然封建落後，人們只求溫飽，因循苟且，阿Q精神，不求上進，悲憤激昂提筆，犀利狠批中國民族，想要刺激中國人思考、振奮，因為「命運並不是中國人的事前指導，乃是事後的一種不費心思的解釋」，沒有命運這回事，沒有民族性這種說法，只有因循苟且的文化惰性。

這與坂口安吾不謀而合。雖然當時日本比其他亞洲國家已經現代化許多，但那只是物質進步，不代表文化現代化，他挑戰大家不加思索即接受的傳統武士道，如童話裡指出國王沒有穿新衣的小孩大聲說出天皇也不過是個人，痛恨日本人以刻苦耐勞為美德，因而

「不追求變化，不追求進步，總是憧憬讚美過往種種，當進步的精神偶然現身時，卻常會遭受刻苦耐勞的反動精神打壓，再度被拉回過去」。

他批評日本人堅持節儉是美德，明明富翁還要省一兩塊車錢，不肯消費刺激經濟，一昧依賴肉體勞動，按個鈕就能解決的事情卻要浪費時間流下亮晶晶的汗水去完成，使得需求無法變成發明的動力，他討厭大家認定農村文化才是日本文化，誤信日本的墮落是因為農村文化轉成都會文化的關係，而根本沒人深思所謂農村文化的意思，因為農村打從一開始就不純樸。對他來說，農村精神就是「不屈不撓地研究如何逃稅的精神」，故意每次三寸、五寸移動田埂界線偷取鄰人土地，背叛鄰居摯友還以為自己只是為了勤苦求生存的小農，「只要見到陌生人，一律將其視為小偷」，「對他人的不信任以及排他精神」，假裝被動所以能狡猾逃避所有外界加諸自己身上的事物，都是他斥之偽善的農村之魂。

這裡，坂口安吾其實只差沒喊口號，「日本人，你為什麼不起來？」令他難過失望的那一種「被動的狡猾」依然存在目前許多亞洲社會，即使已經進入民主制度，仍不相信自己能做什麼，依舊躲在善良老百姓的盾牌之後，對大社會漠不關心，在小處摳錢過日子，沾沾自喜，不肯在大處求改革，追求更大的成就。尤其那種莫名其妙的社會懷舊，好像忘了古代農業時代的真相其實是大家都活在封建制度下，所有人身分階級一出生就被規定了，女孩子只是生產的工具，男孩子只是種田的動物，除了少數人能受教育，其他人天天都在汲水耕田，遭社會權貴洗腦以為艱苦勞動是自己生存的唯一目的，不加反抗盡量忍耐種種不合理也變成至高美德的表現。

坂口安吾之所以現代，因為他真正相信民主，追求「人」的價值，而不是一時的社會制度或政治觀念，他堅信任何事情終究要回到人的根本，一個人在世上要怎麼活下去，要怎麼活得好，這才最重要，所有的制度法律觀念都是可以修正的，因為那是人的產物，就像科技終究要服務人，因此要符合人性，而不是倒過來讓科技主宰人。

「人」，就是坂口安吾的中心思想。「人，只會眷戀人。不可能有任何藝術，欠缺人的氣息。我們也不會想在無法引發鄉愁的樹木下休息。」當他醉眼朦朧、腳步不穩走在銀座街頭，坂口安吾一定恨不得抓過每一個經過他身邊的路人，不分男女老少，緊緊抱在懷裡，狠狠親吻對方，告訴他們，我他媽的愛死了你，請你一定好好活下去！

1 文學的故鄉

夏爾・貝侯[1]的童話中，有則極負盛名的童話叫《小紅帽》。我想大家都熟知這個故事，在此簡述故事梗概。故事是說，從前有個總是戴著小紅帽所以被稱為「小紅帽」的可愛小女孩，有天一如往常去探訪住在森林裡的奶奶，結果碰上假冒奶奶的大野狼，被大野狼呼嚕呼嚕地一口吃掉了。整個故事真的就只是這樣。

「童話」一般都帶有教化功能、道德意涵，但這個童話卻完全沒有。就此意義而言，這可以說是「非道德寓意」的童話。這個童話在法國很有名，每當提及「非道德寓意」童話，就會引用這個童話為例，因此廣為人知。

不只童話，綜觀小說世界，是否也有毫無道德寓意的小說呢？在沒有某種道德意圖的情況下持續寫作——以小說家的立場而言，覺得有些難以想像。

基本上，道德寓意是童話的根基，然而其中卻也存在毫無道德寓意的作品，而且這些作品持續流傳長達三百年，深植於眾多兒童與大人心中——這是難以撼動的事實。

1 夏爾・貝侯（Charles Perrault，一六二八—一七〇三），十七世紀的法國詩人、作家。

提起夏爾・貝侯，還有如《灰姑娘》、《藍鬍子》、《睡美人》等著名童話傳世，正如我很喜愛這些代表作一樣，我也很喜愛《小紅帽》的故事。

不，應該說，如果我是因為童話世界的氛圍而愛上《灰姑娘》或《藍鬍子》，那麼我就是以成年人的冷酷之心感受到《小紅帽》的殘酷美感，進而被這個故事深深打動。

天真可愛、心地善良，集所有美德於一身而不帶絲毫邪惡的楚楚可憐的小女孩，去探望住在森林裡的生病奶奶，卻被假冒奶奶的大野狼狼吞虎嚥地一口吞下肚。我們感覺自己好像突然被無情地一把推開，滿腹疑問地納悶「怎麼好像跟傳統既定發展不一樣」，同時卻又在那倏地被割開、躍入眼簾的留白中，看到一個異常寂靜而且透明又悲傷的「故鄉」，不是嗎？

在那留白中展開並滲入我雙眼的風景，是楚楚可憐的小女孩慘遭大野狼狼吞虎嚥地一口吞下肚，一幅殘酷又不堪的景象。即便那幅景象深深撼動內心的方式，有那麼一點讓人難以承受，但是絕非不潔或不透明。彷彿像是緊抱著冰一般，讓人感到揪心的悲傷與美麗。

容我再舉另一個例子。

這是在「狂言」中的一個故事，有位大名帶著僕役到廟裡參拜。大名一見寺廟屋頂的鬼瓦[2]就哭了出來，僕役問他為什麼哭，他說「那鬼瓦看來像極了自己的老婆，真是越看越傷心」，說著繼續自顧自地哭泣。

這個故事的內容真的就只是這樣而已。三十二開的書中僅有短短五、六行，應該是狂言中最短的一個故事吧。

這不是童話。狂言是正統戲劇表演的中場穿插鬧劇，本來的目的是將觀眾逗得哈哈大笑，藉此轉換心情，至於觀眾看到這個狂言笑不笑得出來，就不得而知了。不過，這種有頭沒尾的狂言能否搬上實際舞台還是個疑問，至少觀眾是絕對無法坦率的哈哈大笑吧。

這個狂言也沒有設定道德寓意的內容，或具有道德寓意的笑點。讀到故事說「到寺廟參拜，一見鬼瓦就想到老婆，哭了出來」，覺得「原來如此，確實很滑稽」，姑且笑之，同時瞬間有種被一把推開遺棄的感覺。

2　日本傳統房舍屋頂裝設於脊頭的裝飾瓦片，花紋多為獸面或鬼面。

我邊笑邊陷入「這不是很奇怪嗎？該怎麼辦才好……」的情緒，看到鬼瓦而哭泣的事實，隨即完全奪去我那顆方才覺得「被一把推開遺棄」的心，一股超越平凡或理所當然的駭人殘酷襲來，逼得我幾乎想要閉上既有的觀念之眼。但即便想逃，也無路可逃。因為，那其中蘊含著某種一旦察覺就會不由得被完全鎮壓住的性質，那是比起宿命等更為沉重的感覺，令人無法逃脫。而這應該也是我們的「故鄉」吧。

我不禁萌生這樣的思考。一般都認為，缺乏道德寓意或被推開遺棄之感無法在文學中成立，然而在我們的人生道路上，無論如何都會遇上一道懸崖讓我們不得不面對這種情況。在那裡，沒有道德本身才是道德。

芥川龍之介[3]晚年有這麼一段逸事。有個經常拜訪芥川家的農夫作家——這個人本身過著貧窮的生活，某次拿著文稿來找芥川。芥川一讀，發現故事內容描述有個農夫生了孩子，由於生活貧困，如果留著孩子恐怕只會導致全家餓死，為了大家與自己的幸福不如不養，於是便殺了剛出生的孩子，放進金屬方罐埋了。

由於故事過於沉重，芥川讀完後一時間難以承受，幾乎不敢想像這個故事可能源自農夫現實的生活，於是便開口問，這到底是不是真實故事。

農夫作家聞言，面無表情地說：「那是我幹的。」芥川面對這驚人的告白啞口無言，農夫又面無表情地問：「你是不是覺得我幹了壞事？」

面對他的問題，芥川完全無法回答。這位無論面對任何情況都對答如流的才子，竟然一句話都答不上來。由此顯見，晚年的芥川總算意識到要誠實面對自己的生活方式，並使其與文學的步調趨於一致。

農民作家留下這個難以撼動的「事實」後，便起身走出芥川的書房。訪客離去後，他頓時覺得被狠狠地一把推開，只剩自己孤身一人被遺棄在原地。芥川隨即走上二樓，不經意地往門口望去，此時已經不見農夫作家的身影，只有初夏的綠葉閃閃發亮。

這篇不知能否稱為手記的文稿，在芥川死後才被發現。

在此，將芥川遺棄於原地的是一種超越道德層面的感覺。這意思並不是指殺害孩子一事已經超越道德層面，我們完全沒必要將重點放在這件事上。亦即不論農夫作家帶來的是

3 芥川龍之介（一八九二—一九二七），對日本文壇影響甚鉅的鬼才小說家，作品關注社會醜惡現象，有《羅生門》、《芋粥》、《地獄變》等名作傳世。

有關女人的故事或童話，其實都無所謂。總之是一個故事，也是一個芥川難以想像的事實，同時是深植於大地的生活。芥川被那深植於大地的生活狠狠地推開遺棄了。換言之，這或許也是因為他本身的生活並未深植於大地。不過，即便他的生活未深植於大地，「被深植於大地的生活狠狠推開遺棄」的事實本身，便已是深植大地的生活了。

換言之，把芥川推開遺棄在原地的並非那位農民作家，而且在被推開遺棄的事實中，正存在著芥川的完美生活。

如果身為作家，卻完全不理解把芥川一把推開那樣的生活，或許就創作不出《小紅帽》或前述的狂言了。

不論是缺乏道德寓意或被推開遺棄之感，我並不覺得是文學的否定態度。這些反而是文學的建設性元素，而道德或社會性等必須建立於這樣的「文學故鄉」上。

我再舉一個較容易理解的例子，這是《伊勢物語》[4]中的一個故事。

從前有個男人愛慕一個女人，頻頻示愛卻得不到女方首肯。好不容易努力到第三年，盼到女人點頭說「願意在一起」，男人欣喜若狂，馬上與女人一起私奔逃離都城。他們行經一個叫做芥之渡口的地方，準備通過一片曠野時，天色已暗，而且頓時雷聲大作下起雨來。男人拉著女人的手，在曠野上沒命地往前跑。此時，被拉著往前跑的女人看到閃電照亮了一旁葉子上的露水，邊跑邊問：「那是什麼？」男人在慌亂之餘，無暇回答。終於，他們發現一間荒廢屋子，跑了進去。男人後來將女人安置於壁櫥中，拿著茅守在壁櫥前，盤算著要是惡鬼來襲，要與惡鬼決一死戰。儘管如此，惡鬼終究還是闖入，將躲在壁櫥理的女人吃掉了。不巧的是，事發當時雷聲轟然巨響，男人根本聽不到女人慘叫，等到天亮才發現女人已經慘遭惡鬼殺害。

於是男人哭泣吟歌：「佳人暗夜提問時，本當答曰為草露，雙雙同逝」——意思是，當初女人看到草葉露水，問那是什麼時，應該回答她「那是露水」，然後與她一起消失在這世界上就好了。

這個故事，由於融合了男人邊哭邊吟頌斷腸歌的情感，讀者不會有被一把推開遺棄之感，不過這也是超越了道德勸說層次的故事之一。

4　日本現存最早的和歌短篇故事集，成書於十世紀初。

這個故事利用男人求愛三年好不容易得償所願，女人卻在不久後被惡鬼吞噬的巧妙對比，以及描繪兩人在暗夜曠野中狂奔，女人看到草葉露水問說「那是什麼」，男人卻沒命往前衝、無暇回答的淒美情景，連結最後男人的悲歌，將整體故事雕琢得猶如美麗的寶石。

換言之，男人傾慕女人的情感越炙熱，就越能突顯出女人慘遭惡鬼吞噬的悲慘，而這對男女私奔的場景描述得越淒美，同樣的越能生動刻畫出其中的殘酷。倘若這女人是個毒婦、男人的熱情不過爾爾，便不可能醞釀出如此濃厚的慘烈。又或者，少了女人指著草葉露水問「這是什麼」而男人無暇回答的插曲，這個故事的精采程度也會大打折扣。

換言之，光靠缺乏道德寓意又或者被推開遺棄之感，想要營造出這種寂寥又靜謐的美感並不容易。若單純只是要營造缺乏道德寓意、被推開遺棄之感，只要讓惡鬼或惡人為所欲為，就能輕而易舉地寫出數篇故事來。但是，事實並非如此。

這三個故事帶給我們如寶石般的冷冽感，不正似一種絕對的孤獨——一種生存本身所產生的絕對孤獨嗎？

在這三個故事中，同樣是無論如何都無法獲得救贖或寬慰。如果安慰那位看到鬼瓦而哭泣的大名說：「不是只有您夫人是這樣子的。」大概如同試圖讓石頭飄浮一般徒勞無功；而且以故事的性質而言，早已跳脫了「大家的夫人都是美女，所以無法了解這個狂言」之類的問題層次。

果真如此，舉凡「生存的孤獨」或所謂的「我們的故鄉」，都是殘酷無比，難有救贖的嗎？我認為，確實是殘酷無比，難有救贖。在漆黑的孤獨中，無論如何都沒有救贖。人生在世，迷路時還能懷抱著期盼找到路回家的救贖，持續前進。但是這樣的孤獨，卻只是永遠徘徊於曠野中，就連找到路回家的救贖也難以期盼。到最後，只有殘酷的事實、得不到的救贖，成為了唯一的救贖。這與「沒有道德」本身就是「道德」同理，得不到救贖本身就是種救贖。

在此，我看到了文學的故鄉，又或是人類的故鄉。我也認為，文學的起點就在這裡。

這並不是說，唯有缺乏道德寓意或被具有推開遺棄之感的故事才是文學。不，我反而不會給予這類故事過高的評價。因為，故鄉雖然是我們的搖籃，但是身為成年人的工作，絕對不是回歸故鄉……

只是，我也不認為缺乏這種故鄉意識或自覺，能夠孕育出文學。不論是文學的道德性以及社會性，若非孕育於這個故鄉的基礎上，絕對無法讓我服膺。而在文學批判方面，我同樣如此深信不疑。

2
青春論

一、吾之青春

我不記得曾有過任何「如今正是我的青春」的自覺，青春就這麼過了。什麼時候才是我的青春呢？似乎也很難理出明確的分水嶺。若說莽撞不成熟的愚行就是青春的證明，那我想自己如今還很青春，而且到了七十歲恐怕還是很青春。這樣的內省聽來絕對不舒服。衝著一股自尊實在很想逞強地說：「文學的精神本來就應該是永恆的青春」，只不過念經似地咕噥「文學、文學……」也不能消除我本身的愚昧。活了三十七年，鎮日無所事事，難以理出人生各階段明確的分水嶺，實在可悲。如果活了七十年，淪落到找不出什麼分水嶺，應該就沒救了吧。那麼來定個分水嶺吧，我常會這麼想。可是接下來就得面對「該怎麼定」的問題，思索至此，我又幾乎要舉白旗投降了。我想大家應該也有同樣的想法，不過隨即我首先想到將「結婚」當作一種分水嶺。我對於「結婚」完全沒有特別的想法，也沒有特別的講究，打算到了該結婚的時候，隨時都能結婚。但是，這能成為我人生的分水嶺嗎？應該不行，就算真能成為分水嶺，自己的生活也絕不會因為這種分水嶺而變得豐富多彩。我是很愚昧沒錯，但是那種愚昧源自於與結婚無關的因素。結了婚、孩子大了，七十歲了，結果還是沒有任何逝去的青春……又者或人生沒有任何的分水嶺，我實在害怕這種無可救藥的情況。

「青春一去不回頭」聽來很美，「青春永不逝去」聽來卻很悲涼。因為第一，那將令人厭煩至極。這種疲憊與其他疲憊截然不同，感覺上就像一條毫無治癒可能的死胡同。

世阿彌[1]遭流放至佐渡時曾創作名為〈檜垣〉的能曲，我不太記得細節，不過內容大概是這樣的。有座「檜垣寺」（熟悉此能曲的人請跳過即可，我可不知道會胡說八道些什麼喔），有個老嫗每天都會來供奉功德水。這個老嫗每次都是隻身前來，帶來的水澄澈柔美不似凡間物。於是寺方住持問她：「您是何方人士？」老嫗吟詠一首和歌回答，並問住持是否了解此首歌。很不巧地，那首和歌我完全忘了內容了，只知道開頭是「汲水」之類的枕語[2]，住持並不了解枕語的意思。枕語對於這首和歌而言應該也很重要，不過這並非故事重點，請容我不再深究。住持覺得奇怪，感覺上是個沒聽過的枕語，所以問到底是什麼意思。老嫗回答，要想知道什麼意思，麻煩移駕到什麼什麼河（這個我也忘了）邊去。「我就住在那裡，你來我再告訴你。」老嫗說完就走了。翌日（說不定不是，反正以前故事中什麼「明天」、「十年後」都很無聊、沒意義），住持來到那什麼什麼河邊想找老嫗。他看到一間破落小屋，是一間看來不像有人住、也不覺得曾有人住的廢棄屋子。此時，沒有人影的半空中卻傳來老嫗駭人的聲音說：「來說說我的往事吧。」「我曾在都城宮中服侍，度過歡樂的青春時光，昨天那首和歌是我所做，記載於新古今什麼的作品中。後來隨著年老色衰，難以忍受美貌變得老醜而痛苦不已。最後就在耿耿於懷、萬般苦惱的情況下死去，卻因此難以超生，現在仍執迷不悟地流連人間，不知該如何是好。請法師來此，只想拜託法師幫忙超渡，讓我順利成佛。」法師命令道：「要我幫你超渡，就先現身。」老嫗猶豫了一陣子，說：「這醜陋的姿態實在可恥，不過就讓你看看吧。」隨之顯露執迷不悟的女鬼形貌。法師此時開始超渡回向，老嫗在過程中追逐著往日青春之夢以及

1 世阿彌（約一三六三—一四四三），日本室町時代初期的猿樂師（現今的能樂），與其父觀阿彌將能樂集大成，有多部作品傳世。晚年遭室町幕府第六代將軍足利義教流放至佐渡島。該島位於日本海上，在新潟市西北方，是北海道、本州、四國、九州四大島以外的第一大離島，自古為日本貴族的流放地。

2 日本和歌的修辭技巧，出現在特定語句之前，調整語感或增添情感。

往日樣貌，恍惚地瘋狂舞蹈，終於成佛。故事大綱就是這樣。

被流放到北海孤島還能創作出此等美麗故事，實在不得不佩服世阿彌的天才。只是，接下來要談的與這個沒什麼關係。我曾說這個故事給我的朋友聽（我對所有朋友都說過這個故事），其中聽完最為感動的人是宇野千代[3]，宇野小姐自此成為能曲的愛好者，常去觀賞能劇。我平常會將能劇當文學閱讀，卻鮮少觀賞能劇演出，後來還因此淪為她挖苦的對象。任何一個女人對於老醜的恐懼或許並非男人所能比擬，然而宇野小姐聽到這個故事時的震撼，至今令我難以忘懷。其中部分原因，或許是宇野小姐也到了一定年齡，更強烈且真實地體認女鬼的懊惱。另一方面，看到她能對逝去的青春抱持如此明確，又或是如此拚命的貪戀，我反而羨慕起女人來了。這樣的羨慕之情，絕非源自我本身的狂妄自大。

女人總是藏著許多祕密。同樣是生活，男人在完全沒意識到任何祕密的情況下過日子，而女人則在發掘形形色色微妙祕密的情況下過日子。特別是宇野小姐的小說本來就是一種私小說[4]，不論是男孩的故事、女性選手的故事、年老女音樂家的故事，她所敘述的故事大多都建構在這樣的脈絡上。這些籠罩著微妙祕密的小小心靈，就如同以正確程序慢慢挖出的寶石般美麗動人。我雖然很喜歡閱讀這些作品，卻不會因此萌生「那我也來寫寫看」的想法。將我的腦袋整個翻過來搖一搖也寫不出這樣的文章。不可否認，這樣的「宇野流」的確存在我的內心深處，但是那並非我的生活正軌。不過，我現在主要想論述的並非文學評論。

或許對於那些意識到各種微妙心情、祕密氣味，一邊生活的女人而言，時時刻刻都彌足珍貴，只想將之緊緊擁在懷中。不論是身上多麼細微之處，即便是一根毛髮或眉毛，女人都能從中感受到我們無法理解的「生命力」，不是嗎？遑論年老色衰的哀愁。即便男人在生活中面對相同的情況，男女的反應就是存在極大差距。我記得宇野小姐的小說還是信裡，有段話所表達的應該是這樣的意思：「您能了解女人孤枕而眠所反映出的寂寥嗎？」對於時時刻刻都彌足珍貴，只想將之緊緊擁在懷中的女人而言，「孤身」是多麼慘烈的詛咒，我也大致能夠想像。

---

3 宇野千代（一八九七—一九九六），日本著名小說、隨筆家，以多才多藝著稱。

4 日本近代文學的特有體裁之一，內容以作者親身經驗為題材，主角個性或心境等也大多象徵作者的真實個性與心境，曾在日本風靡一時，又譯「自我小說」。

與這樣的女人相比，我的每日生活甚至可說是「空洞乏味」，對於時時刻刻的實際感受貧乏，而且還怠惰懶散。根本就沒有什麼「生命力」蘊含其中。一根頭髮看來微不足道，即便失去一根指頭、一隻手會深刻感到不便，或因虛榮到對於外觀缺陷感到恐懼，但是對於失去的「微小的生命力」卻不會有任何感受。

所以對於女人而言，所謂「喪失的時間」彷彿直接連結生理深層的反應，她們所擁有的本能特異思考，核心就在於「燦爛綻放」與「衰敗凋零」兩者駭人的差距。事實上，同樣是老年，常可發現女人的老年比男人的老年更難獲得救贖。滿心思考肉體的女人，當重要的肉體凋零時，肯定會覺得萬事休矣。女人的青春美麗絕倫，如同盛開花朵的燦爛格外醒目。女人的一生會化為祕密，封鎖其中。就這一點而言，似乎也不得不說女人比起人類，是更為動物性的。女人實際上擁有高超手腕，能夠對於人生範疇、人生中的迷宮、敵人或湧泉等，賦予超乎男人想像的美麗形象。如果去除女人的理智，將她們只限定於原有的肉體思考，那麼在女人的世界中也唯有亡國一途。當女人失去貞操時，就失去了祖國。同理，她們的肉體是絕對性的，而她們的青春也是絕對性的。

一扯到一般女人怎麼樣或一般男人怎麼樣，我的舌頭就會突然打結，變成一個說話牛頭不對馬嘴的二百五，所以這個話題就此打住，還是以我自己的風格聊聊自己就好。只是，我還想為剛剛的話題補充一點結論，那就是只要是與自身相關事物，女人在生活中的時時刻刻都遠比男人更有所自覺地活著。她們非常明確地擁有以自我本身為主軸的思維，就此觀點而言，必須說她們遠比男人更為真實地「活著」。如前述的〈檜垣〉，即便主角換成光源氏[5]，那個過於苦惱年老色衰而變成幽靈的情節，也不可能套用在男人身上。要將光源氏寫成幽靈也不是不可能，可是至少在男人的情況下，無法將之與悲嘆年老色衰相互連結。試想一個老翁悲嘆自己年老色衰，魂魄甚至因此遊蕩人間、難以超生。這對讀者所造成的效果，肯定截然不同。如此一來，反倒成了喜劇。女人雖然相當狹隘，卻很強烈地活著。

聽說，三好達治[6]對我的評論是：「坂口感覺上就像富麗堂皇的建築，走進一看，卻

5 日本古典文學名著《源氏物語》的男主角，是位俊美的多情皇子。

6 三好達治（一九〇〇—一九六四），大阪出身的詩人。是與坂口安吾年紀相仿的友人，曾任宇野千代發行的刊物《文體》的編輯，並在坂口安吾三十五歲時，邀請他從取手搬到小田原町早川橋邊的龜山別墅。

發現裡面沒有鋪設榻榻米。」這好像是最近著名的評論，我得知後也笑了，不過還真的很像在寺廟正殿一般的偌大空間中，連張薄席子都沒有。而我只是不自覺地對那珍貴的時時刻刻送往迎來，實在是貧乏的每一天、貧乏的一生。即便有人穿著鞋突然溜進來，然後又直接跑出去，我也沒立場抱怨什麼。畢竟，我的人生毫無分水嶺，完全不存在能讓我堂而皇之說出「這裡請脫鞋」的禮制。

到了七十歲，可能還很青春。儘管如此，卻不曾經歷那種有意義到能讓我化為哀嘆年華老去的幽靈的生活。對於這樣的我而言，「青春」絕非美麗，也不特別。那麼，青春到底是什麼呢？青春只是種讓我活著的能量，讓我那諸多愚昧的生命持續燃燒、足以支持我生命的一切事物，那全都是我稱之為「青春」的對象，換言之，就是我的青春。

至於愚昧，畢竟我這個人總是愚昧，若說愚昧的我的生活方式有什麼一般信念，那就只有「永不後悔」。我不是說因為自己很了不起，所以不後悔。而是我這個人生性愚昧，事後後悔也沒辦法改正，於是乾脆不後悔。所以，也只是近似祈禱的愚者熱情。牧野信一[7]住在魚籃坂時，書房貼著一張長條詩籤寫著「自身之事皆無悔」。那是出自菊池寬的手筆。後來聽說那原是宮本武藏之言，只是如此光明正大地宣示後，才覺得宮本武藏的

「無悔」與我的「無悔」，有很大的差異。根據《葉隱論語》[8]教誨，不管做了多糟糕的壞事，只要是自己搞的，就得想辦法美其名蒙混過關。我可沒打算公然貫徹這種自我主義。我總忍不住想到別人，也常思考本身弱點，不由得為此感嘆。因此，每當看到崇尚《葉隱論語》之流的達人，就會很想直接衝上去理論。

所以，我所謂的「無悔」，意思是就算自作孽橫屍荒野，又或者墜入地獄，也不後悔，畢竟已竭盡所能努力過了。我想表達的，不過就是這種死心放棄的意涵罷了。這與宮本武藏毅然決然道出：「自身之事皆無悔」，這種明確認定是「事」的意涵又不盡相同。說到底，「自身之事皆無悔」這句話，也聽得出忍不住創造出「自身之事皆無悔」的宮本

7　牧野信一（一八九六—一九三六），神奈川出身的小說家。曾在《文藝春秋》月刊的〈文學時評〉欄上極力推崇坂口安吾於一九三一年發表的兩個短篇小說〈風博士〉和〈黑谷村〉。

8　又名《葉隱聞書》、《鍋島論語》等，成書於一七一六年，由佐賀藩主鍋島光茂的侍臣山本常朝口述，以及一個名叫田代陣基的武士用七年時間筆錄而成，是武士的修養書也是闡述日本武士道的經典著作。

武藏，平日就是個常後悔的傢伙，隱藏在話裡的盡是武藏悔恨的詛咒。

我絕沒有誇耀本身愚昧的意思，只不過既然我就是在愚昧中燃燒生命、藉此而活，不珍惜自身的愚昧就活不下去。我的青春中沒有「逝去的美麗」，只有「因為無法逝去的愚昧」，儘管如此，我還是必須闡述我的青春。換言之，我的青春論同時也是淪落論，各位只要讀過應該就能了解。

二、關於淪落

日本的芝麻綠豆官習性強烈，一旦手握官僚權力，就會突然端起架子，並且欲罷不能。我會這麼說是因為才剛在蔬果店還是魚店有過類似經驗，而像我這種公認與蔬果店或魚店毫無交集的人，也在別處深刻體驗到類似情況。

每當父母帶著孩子搭上電車，又或年輕人帶老婆婆進入車廂時，就會有人讓座給孩子或老婆婆。不久後，被讓出的座位旁有空位時，即便方才讓座的人就站在那裡，被讓座那邊的人也會自己或讓同行者一屁股坐下。這種情況相當常見，我從沒見過哪個父親或母親會請方才的讓座者坐下。

這等於是利用旁人對於孩童或老婆婆的同情，隨之侵占不當利得，要是這種人當上公務員，就會發揮官僚本性恣意濫權，最後鑄成難以挽救的結果。

我有個很糟糕的壞習慣，那就是每當看到老婆婆步履蹣跚地走進車廂，不讓座就會坐立難安。一讓座，又會立刻目睹那種討厭的芝麻綠豆官習性在眼前上演，搞得滿肚子氣。但是不讓座，心情又不太好。所以為了避免與這些芝麻綠豆官習性的傢伙扯上關係，我決定除了空蕩蕩的車廂之外一概不搭。儘管這樣有點累，但是與這群討厭的傢伙保持距離才是種幸福。

去年正月前夕，我從澀谷下了省線電車，轉搭巴士。當時巴士非常壅塞，連我都被擠得喘不過氣來，我身邊站著一個身穿學習院[9]制服、約莫十來歲的小男孩，我看面前有個空位，要他坐下，少年卻只是向我致意，沒有坐下。後來又有空位了，即便車廂內擁擠不

9　位於東京，從幼稚園至大學的一貫制私立學校，也是皇族子女就讀的學校。

堪，少年還是看都不看自己眼前的座位一眼。

我十分感佩這個少年的良好教養。少年堅守信念的堅毅態度無可挑剔，與宮本武藏相較毫不遜色。我想學習院的孩子不是個個如此，但是至少讓人深刻感受到他們所接受到的良好教育。

這種良好教養雖然與出生家庭的榮譽或財富沒有必然關係，但是我認為若擁有對生長家庭的榮譽、對於財富的自豪、又或者不知顧慮膽怯為何物等背景，即便是凡夫俗子也較能保持本身的毅然態度。

話雖如此，即便擁有名譽家世背景的孩子能獲得良好教養，家世顯赫的成年人世界卻往往不像孩子的世界。不僅如此，成年人世界中所謂的「貴族性格」僅止於從容態度或毅然外表，外顯的表象與內在的精神毫無連結脈絡可言，真正的貴族精神其實源自另一個截然不同的層次。教養良好的人，會在待人接物時彬彬有禮，然而面對實際利害衝突時，能否犧牲自我呢？能否心甘情願地讓位呢？我們甚至可以說，要塑造出傷害他人卻毫無罪惡感的底層性格是很容易的。

想來，在成年人的世界，犧牲、互讓或體恤等精神不被視為禮儀，而是被視為生活本體從小培養，實在是個淪落的世界。在淪落的世界中，人們深知傷害他人是種罪惡，對於他人的窮困懷抱憐憫與同情，不僅紙上談兵，同時知曉實際救助方法並身體力行。此外，他們也不會辜負他人信任，總是遵循仁義規範本身行動。

話雖如此，他們的仁義正道僅適用於他們彼此志同道合的世界，只要邁出他們的世界一步，換言之，只要與不屬於淪落世界的人們接觸，他們就絕不守仁義。這是因為，淪落的人們通常具有「性格破產者」的傾向，而且多少算是惡人。也就是為了保全自身、保全同夥，會遵守他們自己的秩序，但是對外卻不認為有遵守秩序的必要，而他們的秩序原本就與一般家庭的秩序不同，無須特別為之，自然就會出現落差。

常言道「乞食三日，永誌難忘」。同樣地，若說淪落的世界足以扼殺獨立不羈的靈魂，這世上再也沒有如此容易安居淪落之處。那裡像是個無須和服、無須住所，野生食物應有盡有的南島。我強烈詛咒、憎恨淪落的世界。一旦失去獨立不羈的靈魂，我也只是肉體的碎屑罷了。所以我的靈魂絕對不會想要棲息於此，但是我的靈魂又為何會在這個世界中感到自在，彷彿回到故鄉呢？

今年夏天，我回到新潟，暌違約二十年再次觀賞白山神社祭典。祭典沒有往日熱鬧，卻來了個「松下馬戲團」。我最喜歡馬戲團中名為「空中馬戲」——從一個空中鞦韆盪到另一個鞦韆的表演，但是松下馬戲團大概是台柱全被徵召從軍，除了團長之外，陣中沒一個大人，表演極其拙劣，才盪到一半就失手摔落。接下來，我還看了「柴田馬戲團」的表演，這個團除了小丑沒有一個人摔落。這種表演乍看之下，最重要的好像是正中央的鞦韆，事實上鞦韆兩側才最需要經驗老到的指導者，幫忙調整開始的整體呼吸節奏。「柴田馬戲團」表演時，正中央的鞦韆由女性負責，兩側的鞦韆則由兩位老手負責，所以完全沒有混亂之感。「松下馬戲團」表演時，正中央的鞦韆由長老負責，兩側反而都是孩子，沒有一個指導者。

摔落。再摔落。然後，又再次往上攀登。他們登場時只是一般少年、少女，然而看著他們摔落再攀登，瞪大雙眼，懷著「這次一定要成功」的氣魄往上攀登，不禁為之潸然淚下。除了長老以外，第二老練的是個剛滿十九或約莫二十的少年，這個少年莫名地流露出一種猥褻之感，讓人不想看他。但是當他在最後一項困難的表演失手摔落，咬緊牙根、雙眼圓睜，以一種投入的手勢重新調整耳罩繩子，一邊重新攀登繩索時，那種猥褻感已經消逝無蹤。取而代之的，只有幾近神聖、勇往直前的必死氣魄。那樣的美感，深深震撼了我的心。

有一次，真杉靜枝[10]小姐約我去帝國劇場看諷時歌舞劇，與劇中女性相比，天底下沒有什麼比那些出現在劇中一起跳舞的男性更為愚蠢。當我看著眼前那些實在低能愚蠢的同性正覺得難以忍受之際，真杉小姐轉過頭小聲地對我說：「諷時歌舞劇的男性怎麼會看來這麼蠢呢？」我本以為男人看來雖然覺得蠢，女人看來或許會有不同感覺，聽到真杉小姐這麼說，才知道原來女人也有同樣的感覺啊。

不過，我有一次看的表演卻是例外。

那時候是在京都，昭和十二年（一九三七）或十三年（一九三八）。京都的夏天酷熱，我每天都會躲進一間名為「十錢握」的新聞電影館，整天在休息區看書。那個新聞電影館是溜冰場附屬設施，所以非常涼爽。那陣子我喪失工作的自信，曾數度考慮了卻殘生。當時在新京極有「京都磨坊」歌舞劇可看，我常跑到那裡去。但是，那裡演的戲真的

10　真杉靜枝（一九〇一—一九五五），生於日本福井縣、從小在台灣長大的日本作家。一九二一年回到日本後開始創作，其創作歷程與殖民地台灣以及她成長於此的背景有極大關係。

就只是移動身軀罷了，一點意思都沒有。所以我看過的唯一一次例外的表演，並不是指「京都磨坊」。

我走進比起「京都磨坊」表演更有意思的電影館時，適逢特別節目演出。由於是在小小電影館的特別演出，那齣歌舞劇相當貧乏。演出者有七、八個女性，只有一名男性。然而這唯一的男性卻顛覆我以往的觀劇經驗，每當他一現身，反而讓女性顯得貧弱不堪。我記得他們敲著木魚唸著諷時俚謠，整個舞台洋溢著男性威風凜凜的威嚴，看來出奇巍然，就連女性都彷彿是安心飛舞於男性身旁的蝴蝶，散發出一種全然的倚賴，真是一幅賞心悅目的畫面。我完全沒料到，歌舞劇的男性能展現如此可靠的威嚴。

上述印象隨著時光流逝演變成一個極端，那個男性留給我的印象逐漸過於美化，讓其他歌舞劇的男性看來益發愚蠢，令人難以忍受。那麼優秀的藝人沒道理不被重金禮聘到淺草表演，雖然很想再次一睹風采，卻不巧不記得他的名字。我想只要看到人應該就認得出來，因此每次在淺草或新宿觀賞歌舞劇一定會特別注意，無奈始終沒機會再見到他。

今年春天，我曾在名為「染太郎」的店家與淀橋太郎[11]聊過。這間「染太郎」是隨意燒煎餅店，與在花街柳巷賣給那些年輕藝妓的隨意燒不同，不太煎牛肉或蝦子等食材，會根據來喝酒的顧客連同煎餅隨機煎些蛋包、牛排、魚類或蔬菜，總之就是什麼都煎。我們《現代文學》的同好近來聚會大概都會選這裡，這家店不僅是我們的最愛，也是歌舞劇相關人士每晚都會來喝一杯的地方。就這樣，我常會與淀橋太郎打照面，聊上幾句。有一天我們聊到「京都磨坊」，雖然覺得自己知道的東西沒頭沒腦，可能問不出個所以然，不過還是嘗試問他知不知道大約同一時期在電影館演出的那個男演員。結果令我大吃一驚，因為太郎竟然想了一會兒，就乾脆地答說是「森信」。他說，當時在京都電影館特別演出的人就只有「森信」，其他如電影館的地點或演出人數等都吻合，所以無庸置疑。當時其他一起演出的數位表演者，也獲得太郎的確認。森信是綽號，藝名叫「森川信」，就是這個人。像這樣到處演出、行蹤總是飄忽不定的人，數年前在京都一家小電影館所留下的足跡被這麼斬釘截鐵地確認，反而讓我不知所措。

11　淀橋太郎（一九〇七—一九九一），活躍於戰前至戰後的輕戲劇演員及劇作家，也曾為多部電影撰寫劇本。

我這個人呢，比起梅若萬三郎[12]或菊五郎[13]的舞台，更喜歡觀賞馬戲團或歌舞劇。這就好像比起一流料理，我更愛純粹喝酒是一樣的道理。只是，我並不喜歡酒的味道。所以每次喝酒，在醉到難以辨識酒臭味前，總是憋氣、強迫自己持續喝下去。

人們或許會說「藝術」是魔法，我對此卻頗有異議。同樣一個年輕人，相對而坐時那猥褻的模樣會讓人不由得想要出拳毆打，一旦登上馬戲團的鞦韆，卻能以幾近神聖的拚命氣魄打動人心，顯現判若兩人的奇蹟。這是魔法般的現實，也是奇蹟。而且，此等奇蹟就存在我們的生活或現實中，感覺自然而然、再普通不過，絕非什麼超現實的東西。歌舞劇舞台上那群看來柔弱低能的男性讓人實在受不了，但是觀賞森川信堂堂男子漢的威嚴，以及簇擁身旁、全然倚賴他的女性共同演出的娛樂舞台，不論女性多麼貌不驚人、舞蹈多麼拙劣，都對整體演出沒有任何妨礙。那甜美的娛樂的確能讓我們心曠神怡。這也算是種奇蹟，是種存在於與現實直接連結之處的奇蹟，並非藝術的奇蹟，而是現實的奇蹟、血肉的奇蹟。酒對我而言，同樣也是一種奇蹟。

我喜歡圍棋，卻完全不喜歡賭錢。甚至可說是憎惡且輕蔑賭徒。賭博這種事情最後的意義僅僅是全憑天意、孤注一擲。像骰子或輪盤都是真正的賭博。而像圍棋這種理性的東西，勝敗本身就是種趣味，不該摻雜賭錢性質。如果錢能「全憑天意、孤注一擲」的從天上滾滾而來，當然開心，但是對必須長時間投入理智的圍棋賭錢，卻只會暴露讓人最不願目睹的人性醜態，一個比一個還要墮落的骯髒齷齪，我對此厭惡至極，根本無法一決勝負，也毫無求勝欲望。我敢肯定，以此等理智性對象賭博的傢伙是品行最為低劣的惡人。

然而像賭場輪盤之類的東西，雖然毫無理智可言，卻也不能稱之為騙術。「賭」也是帶著現實感的一種奇蹟。人們在其中賭的不是金錢，而是「到底會頹喪還是幸福」或「到底會絕望還是重生」，甚至有人任憑天意，實際賭上生死。在那裡，除了自我審判之外沒有所謂的「犧牲者」或「被害者」。沒有任何一個戰場，如此適合讓理智的暴風死去，進行自我審判。

我說過，吾之青春即為淪落。而所謂的「淪落」正如上述，也就是在現實中追尋奇蹟，正是如此。這個世界永遠無法與家庭相容。會毀滅嗎，若非如此……嗚呼，只是除

---

12 梅若萬三郎（一八六八—一九四六），日本著名能樂師，被尊為當代能樂界第一人。

13 指「尾上菊五郎」，為日本擁有二百五十年歷史的著名歌舞伎世家，目前傳至第七代。

了毀滅，還能怎麼樣呢！即便有其他結局，恐怕也不可能獲得滿足。

今年春天，愛妻有加的平野謙[14]盯著我，不懷好意地笑說：「據說敢死隊只限單身者加入，有老婆的好像不行。」我想這是平野謙的失言。依他的個性，若是面對稿紙寫作，做出如此輕鬆的評斷前，肯定會多方思索。此話一出，老婆簡直像特殊的魔女一般，是種很方便的藉口。若是一般女人或戀人又當如何，姑且不論老婆，有情男子少了另一半豈能活得下去？

話雖如此，我又如此思考。這應該不是平野的失言。這種單純奇怪的真理，在現實中是有可能存在的。不是說老婆或家庭本身具有什麼魔力，而是針對老婆或家庭能夠如此思考的事項中，這種思考也算真理，因此也存在實際的力量。就是有這樣的思考邏輯，根據如此思維而被限定住了。真理的其中一個面向，的確就是這個樣子。

事實上，在我國已婚者與單身者被區分得相當清楚。這與希望大家盡量生育繁殖的想法絕無關係，而是某種更為民族性、非常獨特的思維。一般認為，單身者尚不足以獨當一面，若以實際上男女並存的人類原本生活形態而言，可能真的還沒有獨當一面的樣子。如平野謙之類的人，甚至認為上述兩者的思想或人生觀，似乎都具有截然不同的差異。這種想法並非僅限於一般世俗，即便如平野謙這種思想家也視此類觀點為理所當然，無怪乎眾人皆然。

我心底毫無否定此等想法的情緒，反而覺得此等想法摻雜著非常獨特的民族性。請各位實際思考看看。像這種擁有民族肉體的思維，要談論那是不是真理根本就是沒完沒了。我周遭的人實際上都如此思考、生活，又或長期以來持續如此生活、思考。他們實際上就是如此思考，而且從小到大生活的現實世界，也正如他們的思考。這麼一來，已經毫無爭議。連我在內，要是能夠想像自己安眠於所謂的「家庭」之中，又會有多麼幸福呢？芥川龍之介在《河童》還是哪部作品中，曾說過「隔壁太太的炸肉排看來很潔淨」，我對此深有同感。

然而，思索到人性的孤獨時，不論老婆的炸肉排有多麼潔淨，靈魂的孤獨都無法獲得療癒。這世上沒有如同孤獨般應該受人憎恨的惡魔，也鮮少有如此絕對、如此嚴厲的存

14　平野謙（一九〇七—一九七八），本名平野朗，日本文藝評論家。

在。我全心全意詛咒孤獨，同時也因為全心全意，世上再沒有其他事物能像孤獨一樣拯救我、撫慰我。這孤獨，豈止屬於單身者。隨時長伴靈魂左右的，唯有孤獨。

明白這靈魂的孤獨之人幸福嗎？這樣的道理是否記錄於聖經或任何經典之上？或許有吧。但是，我卻認為不明白靈魂的孤獨之人比較幸福。滿足地吃著老婆的炸肉排、安心入眠、直至死去的人比較幸福。我今年夏天回到新潟，與許多可愛的姪輩結為好友，當他們央求我唸自己的小說時，我著實感到煩惱。我寫小說，是希望至少有助於人。但那只是心病之人的催眠藥，對於沒有心病之人，那就只是毒藥。我內心只祈求一個平凡的小幸福，那就是姪輩無須我開出的催眠藥就能滿足安眠。

數年前，我有個姪女二十歲就死了。這女孩八歲左右就罹患結核性關節炎，冬天情況還好，一到夏天病情就會惡化，所以每當天氣逐漸暖和，就會到東京我家來養病，大概每個月到醫院換一次石膏。只要到了必須更換石膏的時間，家中就會瀰漫一股膿瘍的臭味，讓人很受不了。她的傷口從下腹部延伸至胯下，據說共有約莫十一處傷口。

她自八歲起長期臥病在床，發育並不正常，到了十九歲，不論身心大概都還只有十三、四歲。所謂的「情感」在她身上已死，不論吃什麼都不會說「好吃」，也不會說「難吃」。她絕不會生氣，也絕不會欣喜，故人來探病時不會微笑，離別時也不會說再見。她只會昂首稍微看看你，那就是久違重逢的招呼、道別的話語。她已經無意再說些空虛的人際招呼。相對的，不論故人有多久沒來探病，她也完全不會顯露不滿。她的母親還有個尚在襁褓中的孩子要照顧，無法常到東京來。她看到母親來也不會笑，不會說「來啦」，道別時不會說「再見」，不會面露悲傷，感覺上似乎連隨性所至聊幾句都沒興趣。即便如此，有一次在母親早上離開的當天傍晚，她吃飯時突然冒出這麼一句：「不知道到家了沒有？」我這才發現，她心裡還是有感覺的啊。她每天都看些《少女之友》或《少女俱樂部》等雜誌，不看雜誌就盯著空中發呆。

但是在身體狀況難得好轉時，她也會要人帶她去東寶[15]觀賞少女歌劇。這種事要是沒有伴，也不會想去看。正巧當時，另外還有個姪女住我那裡。這女孩治好胸部疾病後，一邊享受快樂的校園生活，同時熱中觀賞少女歌劇。這個姪女常讓她看少女歌劇的雜誌或照

15　指東京寶塚劇場，於一九三四年正式開幕，是由寶塚歌劇團直營的舞台劇劇場。一九九七拆除重建。現在人們所見的東京寶塚劇場是二〇〇一年元旦落成。

片，鼓吹她多接觸少女歌劇，所以後來她會變得有興趣也無可厚非。她觀賞完表演後，還是一樣不會說好不好看，表情同樣沒變化，也不會多說什麼。儘管如此，罹患胸部疾病的女孩還是會纏著她，開玩笑地說「拜託，一點點也好，笑一個嘛」、「一次也好，讓我看看你開心的表情嘛」、「我生氣囉，要不要我幫你搔癢癢啊」。關節炎的女孩總是很不耐煩地只願意動動頭，少數幾次曾看她稍微紅著臉，願意與另一個女孩聊聊。不過講沒兩、三句又陷入沉默，不想再搭理人。那個罹患胸部疾病的女孩，相形之下是如此開朗悠哉，後來卻在二十一歲那年因不明原因自殺。她投身雪國故鄉的沼澤而死。當她自殺的消息傳來，關節炎的女孩毫無震驚之色，沒說什麼，也沒問什麼。

我之後讀了子規[16]的《仰臥漫錄》，發現他好像罹患與姪女同樣的疾病，患部同樣是腹部。子規的時代還沒有石膏，所以要每天更換繃帶，他在更換繃帶時寫下了「嚎哭又嚎哭」。姪女有時當然也會表現出全身承受的痛苦，卻一次都沒有哭過。

子規在明治三十五年（一九〇二）三月十日的日記中，這麼寫著：「本日首次得見腹部傷口，大驚，那傷口本料想應為小傷口，如今一見竟為空落落的口子，心情為此低落，哭泣。」當天下午一點也寫著：「總有莫名的痛苦，哭泣。」子規是個成年人，即便想要壓抑也忍不住哭泣，而女孩看到那十一處傷口，卻毫無表情，自始至終從未哭泣。對於子規而言，食物是生活中唯一的樂趣，每天的日記都寫食物，好吃、不好吃。而女孩不論吃什麼總是沉默。這兩人的世界中，大人與小孩的角色彷彿完全對調，我在閱讀《仰臥漫錄》時，數度忍不住掩卷而笑（寫下這種內容，可能又會引發澀川驍[17]等人斥責粗率、讓人極度不快，所以容我悲慘地畫蛇添足，補上一句「那是種懷念過往的笑」。真讓人頭疼啊！）

只是，這段往事到此為止，沒有任何結論。我為什麼要寫下這段毫無結論的內容呢？我原本氣勢十足地想寫青春論（又或淪落論），腦海中卻冷不防浮現姪女臉龐，彷彿

---

16 指正岡子規（一八六七—一九〇二），明治時代文學巨匠，本名常規，與作家夏目漱石為好友。創作領域包括俳句、短歌、新體詩、小說、評論、隨筆。在短短三十四年的生命中，對俳句的革新是他人生中最後的光芒。

17 澀川驍（一九〇五—一九九三），小說家、文藝評論家。一九三八年，作品《龍源寺》獲第七屆芥川龍之介賞候補。一九四七年，曾在《文藝》發表〈坂口安吾〈墮落論〉解說〉。

澆了我一盆冷水。這才發現，原來不論青春或淪落對於這個姪女而言也都是馬耳東風，我有點想舉雙手投降，心情低落之際，突然想將這段往事寫下來。總感覺不寫不行，僅此而已。

我逐漸難以再走進詩的世界了。我的生活也逐漸只留下文學與散文。書寫完全忠於事實，問題是我只能忍受事實，無法忍受文章中的詩。

我待在京都時，在圍棋社結識的幾位祕密警察中，有個人很喜歡俳句。有天晚上，我與他一起在四條車站搭電車回去，在車上聊到俳句時，他說很喜歡虛子[18]，子規則因為「過度激昂」所以討厭。

但是，我閱讀《仰臥漫錄》時，看到子規在「嚎哭又嚎哭」、首度看到傷口而哭泣的相同日記中，也寫下了下述毫無實質意義的俳論：「『五月雨霏霏，八方之水齊匯集，滾滾最上川。』（芭蕉[19]）我對俳句毫無所悉之時，只覺此句廣闊壯麗，深信此為古今難得佳句。今日驀然憶起，再三吟味、重新審視，始覺『齊匯集』一句洋溢匠氣，平淡無味，再看『五月雨霏霏、奔騰大河門前流、岌岌兩間屋』（蕪村[20]）這句，更顯出眾。」子規所言只是針對語感的些許詩意，完全沒將「該歌頌何事」、「該以何事作為詩材提出」等最重要的散文精神放在心上。「嚎哭又嚎哭」的子規也許過於激昂，但是面對俳句的子規卻毫不激昂，平凡冷靜。菱山修三[21]曾說討厭「白描」歌人，因為過於激昂。我也認同菱山所言「討厭這歌，因為過於激昂」，但是我卻不由得被那種激昂深深吸引。

我過去觀賞菊五郎的舞蹈也曾樂在其中，如今卻完全感受不到往日的樂趣。因為我的生存價值如今就只有追求馬戲團、歌舞劇、酒或輪盤這些現實與奇蹟的二合為一，具有血肉的奇蹟。

---

18 指高濱虛子（一八七四—一九五九），日本俳人、小說家，提倡以客觀素描、花鳥諷詠兩項為俳句追求的目標。

19 指松尾芭蕉（一六四四—一六九四），本名松尾藤七郎，日本江戶時代前期的俳句大師，被譽為「俳聖」，和與謝蕪村、小林一茶並列三大古典俳人。

20 指與謝蕪村（一七一六—一七八四），日本江戶時代中期俳人、畫家，在文學及繪畫方面都有卓越成就。蕪村對後世俳句革新及創立現代俳句的正岡子規有深遠影響，其畫與同時代的池大雅並列日本南畫兩大高峰。死後葬在京都金福寺。

21 菱山修三（一九〇九—一九六七），東京出身的日本詩人。

子規絞盡腦汁創作俳句時，只會囿於語彙語感，日常生活中嚎哭又嚎哭，卻無意對外求援，毫無倚賴現實奇蹟等幻想的天真吧。只不過，我對於任何詞彙詩意都不為所動，還會因此有種頑固的不快，相對的卻難以忘懷在現實中追逐奇蹟的愚昧天真。不僅無法忘懷，我更視之為生存信念。

大井廣介[22]曾說，我絕不會死在榻榻米上，只會被車撞死、走在路上因腦溢血暴斃身亡，或在戰火中被槍擊斃。不管在哪裡死其實都一樣，只是被棄絕於家庭氛圍之外，感覺上也絕對開心不起來。我無法與家庭氛圍那種不自然、彼此束縛的虛偽，相互同化，但有時卻會祈禱自己能被綑綁於那樣的虛偽中安眠。

終其一生都在盲目地拚命奔跑，前方沒有任何目標，直到在某處霎時頹然倒地，這才終於能夠結束一切。永不失去的青春，年屆七旬還在追尋現實的奇蹟，為此徬徨，想來實在怵目驚心，也令人生厭。感覺上似乎一點都不輕鬆，卻比什麼都要來得輕鬆，感覺上似乎很深刻，卻比什麼都來得淺薄。

司湯達爾[23]年輕時與一位名為梅蒂爾德的婦人相遇，我記得他們分別後就沒再相見，他卻稱那位婦人為「我永遠的愛人」。他還說，只要想起梅蒂爾德就會感到幸福，甚至誇張到說什麼「這樣的愛即便為世人所不容，在神的面前應該能夠獲得寬容」。我不知道他是不是認真的，倒是能厚著臉皮若無其事地說出這種肉麻話，怪有意思的。另一個感覺與司湯達爾爾交情很好、又好像不好的梅里美[24]也是一個怪作家，一生幾乎都持續寫同一名女性，只存在於他稿紙中的虛構女性。舉凡如高龍芭或卡門都是，而這女性還在他的作品中漸漸成長，最後變成維納斯像，殺害來求愛的男人。

不僅司湯達爾或梅里美。不論任何人都擁有一個屬於自己的虛擬戀人。有些人很努力

---

22 人井廣介（一九一二—一九七六），文藝評論家、野球評論家。一九四二年坂口安吾曾說：「大井的評論也是虛構的。……（但）我認為這是非常好的地方。（大井的）文學不是孤立的，生活的全部都在文學中表現了出來。幾乎所有的日本作家都只談文學，認為不談文學以外的事情最純粹，我的看法正好相反。如果真的是活著的文學，那麼生活的全部就必須成為文學。」

23 司湯達爾（Stendhal，一七八三—一八四二），本名馬利—亨利．貝爾（Marie-Henri Beyle）十九世紀法國作家，代表作為《紅與黑》（*Le Rouge et le Noir*，一八三〇）。

24 普羅斯佩．梅里美（Prosper Mérimée，一八〇三—一八七〇），法國中短篇小說大師，代表作為《卡門》（*Carmen*），由劇作家喬治．比才（Georges Bizet）改編為同名歌劇而為世人熟知。

地企圖將人類精神的可悲非現實性，與現實家庭或戀愛生活之間的落差合理化。但就理論而言，我們根本無能無力。我們永遠只能選擇其中一方吧。

這是一件陳年往事。我曾經喜歡上一個女人，見不到面時至少也得收到她的信，否則晚上就會睡不著。但是，那個女人除了我以外還有個戀人，我也相信她比較喜歡那個人，所以無法向她表明心意。不久後，我就沒再與那個女人見面，最終僅短暫陷入那淪落的新世界，此後全然重生。我不像司湯達爾能將厚顏無恥的肉麻話說出口，老實說，後來我的心裡再無那個女人的身影。與她斷了聯繫約三年後（期間，我也曾與其他女人一起生活），女人突然來找我，質問我當初為什麼不說「喜歡她」。女人當時心裡應該也是混亂至極，外表看來卻非常沉著冷靜。我聞言心慌意亂，早已忘卻的激情立即湧現，只想與這個女人結婚。之後的一個月中，我們大概三天見一次面，然而陷入淪落世界中的我，已經不再是往日的我，即便一時心慌意亂沉溺於激情，事實上這個人已無法再讓我陷入熱烈愛戀，無法全面占據我的心。

我想，女人先察覺到這一點主動放棄，是非常理智的決定。當女人以書信告知「我不會再見你，見面只是徒增痛苦」時，我也有同感。所以我也回信說：「我的感覺與你完全一樣，所以我們別再見面了。」事實上，我甚至還因為能讓一件無聊事明確劃下句點而感到幸福。那是一種得以清楚扼殺昔日偶像的喜悅。這個偶像死亡後，肯定會有個永不死亡的偶像隨之誕生，所以這也是不得不然的事。我實在沒有廣闊心胸去享受司湯達爾那種厚顏無恥的梅蒂爾德式說法，過去種種早已化為一片浮雲，只是司湯達爾的墓誌銘「活、寫、愛」卻再次成為我生活的全部。其中的「愛」或許是畫蛇添足，那是「活」的同義詞。「活著」這件事，本來就可說是「去愛」的同義詞。

三、宮本武藏

看到宮本武藏的劍法突然登場，或許有人會大吃一驚、怒火中燒，但是我完全沒有虛張聲勢的膽識，遑論有絲毫企圖愚弄讀者的心思。我只是有種與個性同樣深植自身的發想法，若不遵從自我的特殊發想法，無論如何都難以淋漓盡致地闡述己論，這也是我一直以來的原則。我的青春論若少了宮本武藏就難以總結，基於此等原則，除了請各位耐心閱讀並理解體諒之外，別無他法。

大東亞戰爭[25]之際，「削皮切肉、切肉斷骨」這句古語被廣泛使用，用來強化我們的自信。根據前些日子閱讀的註釋本解說，這話好像是劍術柳生流的精髓，至於是真是假則難以確認。總之，這句話在闡述某劍術流派的精髓是無庸置疑的。我接下來要提及的宮本武藏比試情形，無非就是這句話所闡述的精髓。

然而，「切肉斷骨」的劍術精髓，卻不見得完全符合武士道。武士道將「攻其不備」視為卑劣，又或凡事重視「師出有名」，所以若一昧遵從武士道形式，就難以符合劍術精髓。若說「劍術」與「武士道」是兩碼事，絕對是再正確不過的說法。武士道並不一定等同於劍術，武士道是從「臣」對「主」的關係結構中孕育出的一套倫理生活方式，很難以單一劍術精髓加以規範；反之，常有人會以武士道規範劍術，因此有人說：「刀為守護己身之物」，又或「村正刀[26]若用於斬人則為邪刀，若用於守護己身則為正刀」。「劍術」與「武士道」的差異由此一目了然。

劍術中似乎沒有「守護己身」的方法，據說也沒有擋下敵方之劍而得勝的方法。姑且不論劍術猶如成人與孩童之差的極端例子，若是一般習武者比試，即便是一寸之差，只要先多砍對方那麼一點就算贏。「切肉斷骨」果真是劍術精髓，這是不受流派之別限制的普遍真理。

武士常在腰際插著長短兩把刀，只要稍微感覺受辱，非拔刀決一死戰不可。此外，平日也可能偶然與人結仇，完全無法預測何時、何地，還有必須如何在刀光劍影下搏鬥。所以一旦彼此白刃出鞘，若不打敗對方就絕對會被殺害。人死萬事休，不論是非黑白，首先必須求勝，這也情有可原。我想，「非生即死」的觀念必須是武士心理覺悟的根基，而其萬全的對策即為劍術。

只是，劍術的本貌——「不論是非黑白，首重擊敗對手」的精神，實在過於殺氣騰騰，將之作為處事信念反而有擾亂安寧之虞，此外也不符合承平時期應有的心理狀態。因

25 日本於二戰期間對於與同盟國之間戰事的總稱。此詞彙遭受「美化殖民侵略」的批判，戰後普遍改稱太平洋戰爭。

26 室町時代到江戶時代初期，伊勢桑名地區的村正一族乃是有名的刀匠，其鑄造的刀具品質極佳，都以「村正」命名。現存村正中，最有名的是在約永正十年（一五一三）鑄造、被稱為「妙法村正」的刀。

此，劍術原本的第一精神逐漸轉向韜光養晦，習武者年老後銳氣消磨殆盡，或許也願意傾向家庭式的韜晦，劍的用法隨之走向形式主義，原本殺氣騰騰、無論如何就是必殺的劍，也因此展現出彷彿以悟道圓熟為目的的變化。想來，在劍原本的必殺第一主義之下，習武者本身在精神上也難以承受那樣的狂暴與激烈，想要適度妥協也是人之常情。

若不擊敗對手，自己就會小命不保。這真的就是生死的最後戰場，所以最好的因應之道唯有「隨時皆可赴死」的從容決心，這樣的覺悟嘴上說說很容易，實際上卻只有真正的高手才做得到。

我前些日子拜讀勝海舟[27]的傳記。海舟父親名叫勝夢醉，這位大人可謂特立獨行，是位歷經不良少年、不良青年還有不良老年，一生貫徹不良精神的崩壞武士，也是位習武之人。夢醉平日其實沒提過什麼習武者的大道理，雖自稱劍術達人，然而年老時回首過往，發現這一生未免過於荒唐，因此興起撰寫自傳讓後世子孫引以為戒的念頭，最後留下珍貴之作《夢醉獨言》傳世。

夢醉先生是位一生恣意遊蕩的劍術達人，對於文章幾乎毫無所悉。講到他從何時開始識字，要從他二十一、二歲談起。當時的他因生活過於無賴被關入監禁室，當晚隨即拆下一根鐵窗欄柵，準備隨時逃脫，就在此時，他突然萌生一個念頭：「我就是做盡壞事，才會被關進這個監禁室，那就暫時待在裡面看看好了。」於是利用在監禁室裡的兩年學會了識字。

他的文學素養完全靠如此自學，實用性文章以外的修辭技巧一竅不通。所以他的作品就是言文相符的自傳體，像是「你們萬萬不可像我一樣幹出這種蠢事啊」，寫出的文字猶如從口中說出。

我只看過《勝海舟傳》中引用的《夢醉獨言》，沒看過原著。我無論如何都想看看原著，所以寫信照會所有熟悉幕末歷史的友人，卻發現沒人讀過。然而，光憑《勝海舟傳》中引用的那一部分，就覺得那是驚人的文獻。

自傳的字裡行間散發出一股不可思議的妖氣，同時還有種持續流轉的東西，那其實就是「隨時都能從容赴死」的堅定不移、大膽無畏的靈魂。我本想利用本文多少為讀者呈現

27 勝海舟（一八二三—一八九九），日本幕末以高超外交手腕與真知灼見聞名的政治家，被譽為日本「海軍之父」。

部分內容，只是不巧《勝海舟傳》不知道放到哪裡去，怎麼樣都找不到，著實讓人遺憾。事實上，那是只需引用一頁就能立即讓各位認同的著名文章，全文單純就是淡然陳述自己的一生是極盡無賴之能事的生活。

其子海舟身上也流著此等惡人之血，不，是多少繼承了類似「隨時都能從容赴死」的精神。然而，父親那從容自在的不良行徑，建構出某種具備藝術穩定感的詭異完美。嘴上說「隨時都能從容赴死」很簡單，然而真有此等覺悟的人，整世紀只會有區區數人，可說是極端罕見的現實。

那些早將刀光劍影視為生活一部分、致力精進武藝的習武之人，似乎本該有此心理準備，事實上卻絕非如此。說到底，這其實與刀光劍影並無直接關聯，而是在人格中更為深層而且更宏大的格局之上逐漸構成，是種一國之君理應具備的性格、創新的大企業家理應具備的性格。所以，勝夢醉能具備此等罕見的重大覺悟，泰然自若、穩定沉著地過完不良無賴的一生，不得不承認他是一位世間少有、不可思議的大師。不愧是足以創作出「勝海舟」這般作品的偉大父親。

比起夢醉的覺悟，宮本武藏顯得平凡愚昧。只要看一眼武藏六十歲的作品《五輪書》

與《夢醉獨言》的氣度，高下立判。《五輪書》具備道學者的高度，而《夢醉獨言》則有藉創作聊以自娛的作者的低淺，然而兩者文章本身個性的精神深度，卻無法相提並論。最上乘的藝術家之筆，才得以寫出《夢醉獨言》中的高遠精神與深厚個性。

不過，姑且不論晚年徹底頓悟的武藏如何，在此我想談談熱情的青年武藏，他在那時也算個罕見達人。

宮本武藏晚年在細川家時，主公問武藏：「眾家臣中，有沒有你認可已達劍術精髓的人？」武藏回答唯有一人，推舉一個名叫都甲太兵衛的人。但是，都甲太兵衛的劍術是出了名地拙劣，而且是個毫無可取之處的平凡人物。主公聞言愕然，問他：「此人哪裡出眾？」武藏回答：「您只要問他平日做好如何的心理準備，應該就能了解。」於是，主公傳召都甲太兵衛，試問他平日的心理準備是什麼。

太兵衛沉默了半晌，答說自己完全不像宮本大師賞識那般出眾，但是問到平日的心理準備，原來如此，那雖然是個可笑的心理準備，但是面對這個問題，我的答案就只有一個。自己的劍術原本非常拙劣，又是個天生的膽小鬼，只要想到總有一天會在刀光劍影下殞命，就憂慮得夜不成眠。話雖如此，自己也沒有使劍才能，根本無法靠劍術安身立命，反覆掙扎的結果，終於確信「若無隨時都能從容赴死的覺悟，就難有救贖」。我為此費盡心思，像是夜晚就寢時，刻意將白晃晃的刀子懸掛在臉的正上方，訓練自己不再害怕刀刃。多虧如此，直到最近似乎好不容易培養出了「隨時都能從容赴死」的覺悟，夜裡也得以安眠，這大概可說是自己唯一的心理準備吧。在一旁的武藏聽完後，補充道：「此即為武道精髓。」

都甲太兵衛其後便獲重用，成為江戶藩邸的家臣之長，後來還立下不可思議的功績。那時正值藩邸修建，建築物已經蓋好，庭園卻尚未完成。但是，當主公登城與其他主公對話時，竟逞威風地脫口說出：「區區庭園，一晚便能完工。」由於雙方都是不知人間疾苦的尊貴主公，逮到能看好戲的機會當然不會放過，於是後來對話就演變成「那您就利用今晚，完成一個庭園來看看吧」、「那有什麼問題」、「那就拭目以待囉」。輕言許諾的主公臉色鐵青地回到藩邸，立即傳召都甲太兵衛，要求他今晚務必打造出庭園來。當晚數千壯丁為此忙進忙出，翌日早晨果真在一夜之間成就一片鬱鬱蒼蒼的森林。其實，這片森林只能維持三天，因為每棵樹都沒有向下紮根。宮本武藏的高徒正擁有此等才能。據說，都甲一族如今仍存續於熊本。

宮本武藏有所謂「十智」的墨跡傳世，其中闡述的正是「變」的道理。換言之，內容據說是有智慧的人能從一變化至二，而沒有智慧的人總是深信一就是一，看到智者將一變化成二，會斥其說謊，怒罵這有違常規。但是，順應不同狀況改變己身以及心靈是兵法上的重要精髓。

宮本武藏是個生於劍、死於劍的男人。他滿腦子想的只有該如何戰勝對手，以及面對勤於習武、劍術可能勝過自己的對手，該如何取勝。

武藏將都甲太兵衛所謂「隨時都能從容赴死」的覺悟，稱為「劍法精髓」，然而武藏本身所實踐的，卻絕非此道。這個男人擁有許多凡夫弱點、難以磨平的尖角。他始終無法擁有「隨時都能從容赴死」的覺悟，所以才會創造出自己的獨特劍法。也就是說，他的劍法是凡夫俗子的劍法。無法覺悟的凡夫俗子該如何克敵致勝？那就是他的劍法。

松平出雲守本身是劍術柳生流的好手，他的家臣中不乏武術達人，武藏有一次要在出雲守面前，與其家中任一好手過招比試。

被選中的對手，手持八尺多的八角棒現身庭院等候。武藏手持木刀自書齋走下庭院，對手此時只是在書齋階梯下方一旁等著武藏走下來，當然也還未擺出對戰陣式。

武藏見對手毫無防備，尚未完全步下階梯，就突然攻擊對手臉部。比試時，連聲招呼都不打直接發動攻擊，簡直無法無天，對手頓時暴跳如雷，正想重新拿穩棒子時，武藏又啪答啪答接連兩刀擊中對手雙臂，接下來從頭頂一擊，將對手打倒。

武藏的思維是，身處比試場合，本來就不能忘記隨時嚴陣以待。做什麼都無妨，抓緊可趁之機攻擊對手就是劍術，只要能克敵致勝就是劍術。只要能致勝，能加以利用的就全都要利用。不是只有刀才是武器，心理、猶豫，又或任何弱點都一樣，利用所有得以利用的要素求勝，這就是武藏創造出的劍術。

我前陣子閱讀吉田精顯《宮本武藏戰法》一文，精采程度令人耳目一新。吉田為武德會教師，本身就是二刀流達人，武術專家筆下的武藏比試戰況非常獨特，比小說更能淋漓盡致地呈現各種光怪陸離的人物個性。接下來請容我現學現賣，稍微講述武藏比試的故事。只是，我將按照我自己的方式說明，有些部分可能與書上不符，但那就是我自己的思考，實在也沒辦法。

武藏是在二十一歲那年秋天，與吉岡清十郎比試。由於武藏父親——無二齋已經打敗吉岡憲法，對於父親武術本來就不滿意的武藏，為了測試本身劍術，首先也必須戰勝父親已經勝過的吉岡一族。

武藏抵達約定地時已經遲到，等得疲憊不堪的清十郎一見到武藏立即拔刀出鞘。然而，右手持木刀的武藏看到敵方拔刀，完全不停下腳步，也不擺出迎戰陣式，始終保持相同速度、相同姿勢，手持木刀走來。看到對方毫無比試氣勢，只是單純朝自己走來，清十郎驚愕地盯著看來鬆懈的武藏，但是他的速度卻意外迅速，轉眼間已來到劍尖可觸之處。這可不是猶豫的時候，清十郎正想火速發動攻擊，武藏的木刀卻在瞬間搶先舉起。清十郎以為武藏的刀會從正面刺來，想要閃躲，武藏卻沒有刺，反而將木刀高舉過頭，從上而下猛然一擊，將其打倒。清十郎沒死，卻從此殘疾。

清十郎之弟——傳七郎為了復仇，向武藏下了戰書。據說傳七郎力大無窮，是個武藝在兄長之上的好手。武藏同樣還是過了約定時間才到現場。武藏心想這次是為了復仇的嚴肅決戰，所以帶的不是木刀，到了現場大吃一驚，因為傳七郎手持五尺數寸的木刀站在那裡，遠遠看到武藏，便嚴陣以待。武藏當下猶豫了一會兒，隨即下定決心不拔刀，赤手空拳地以相同速度走去。傳七郎毫不鬆懈，想著對方什麼時候會拔刀，才一回神，發現武藏早已來到五尺木刀所及距離之內。傳七郎若當下攻擊或許能擊中武藏，但是武藏飛身撲來，奪去傳七郎的木刀，然後一刀擊下殺了傳七郎。

事後，吉岡百餘名門徒簇擁清十郎之子——又七郎，向武藏下戰書。敵方人多勢眾。武藏這次大幅提早出發，然後躲在約定地點的樹蔭中。吉岡陣營隨後來到，武藏還聽到他們說「武藏這次大概還是會遲到」。說時遲那時快，武藏雙手拔出長短兩刀縱身躍出，割下又七郎首級，砍了就跑，邊跑邊砍。當敵方被全數殲滅時，武藏這才回神，發現袖子被一支弓箭射穿，但全身毫髮無傷。

武藏還曾與一個名叫宍戶梅軒的鎖鍊鐮刀達人比試過。鎖鍊鐮刀大致而言，刀刃約一尺三寸，刀柄約一尺二寸，刀柄連接一條鎖鍊，鎖鍊底端附著一個秤鉈。使用這種武器時，左手持鐮刀，右手握住鎖鍊中段，以右手甩動旋轉秤鉈。根據說書內容，對方可同時以秤鉈與鐮刀交互攻擊，但實際上這是不可能的。雙方交戰時，雖能出奇不意地甩出秤鉈，但鐮刀在逼近對手前根本發揮不了實質作用，所以對峙時，只要注意秤鉈的攻勢即可。此外，鎖鍊鐮刀的特色還有一項不可不提，也就是鎖鍊的用法。只要一拉緊，鎖鍊的功能就如同棒子，可藉此擋下或滑開大刀。說書內容是說，鎖鍊若能纏住太刀[28]是正中下懷，所以使用鎖鍊鐮刀者據說都會沉穩地慢慢引誘對手接近，但是大概沒有這麼愚蠢的鎖鍊鐮刀使用者，在秤鉈纏上對方武器的瞬間用鐮刀砍下去，不就好了。

宍戶梅軒一見武藏，立即開始旋轉秤鉈。武藏在五、六十步距離之外，右手拔出長刀，刀鋒朝下，暫時觀察秤鉈的旋轉後，左手接過右手的長刀。緊接著，右手拔出短刀。武藏並非左撇子（只要看過其肖像就知道），希望各位留意他原本應該右手持長刀、左手持短刀，此時卻反其道而行。武藏左右兩手都高舉過頭，右手的短刀也配合敵方秤鉈，以相同速度轉了起來。武藏就配合著這樣的旋轉步調，一步步地逼近敵方。

梅軒見狀大驚失色。若想以秤鉈攻擊武藏臉部，他手上旋轉的短刀卻從中作梗。秤鉈若纏上從中作梗的短刀，他左手的長刀就嚇人了。梅軒無計可施只好後退，武藏卻在同時步步進逼。就在此時，當鎖鍊旋轉到下方的瞬間，武藏隨即拋出手中短刀，只見短刀筆直射向梅軒胸膛。梅軒心慌意亂，鎖鍊的旋轉也開始亂無章法，武藏的長刀趁亂直

---

28 為日本刀的一類，其下又細分多種。一般而言，刃長超過兩尺（六十公分）、刀身彎度較大，主要以邊鋒朝下並吊在腰帶以下的方式配帶，適合用於騎兵戰，所以比適合徒步戰鬥、拔刀容易的打刀要長。

挺挺地往梅軒胸部刺去。梅軒在千鈞一髮之際閃過，武藏緊接著又是一刀從他頭頂砍下，將其斬殺。在這場比試中，梅軒的弟子也在旁觀戰，正當眾弟子眼見師父被斬殺而議論紛紛時，武藏已經重新握好雙刀，殺入眾弟子之中。

劍法沒有固定形式，這也是武藏的思維。武藏認為劍法必須順應不同對手，隨時變化，所以他批判拘泥於形式的柳生流。柳生流共有長短六十二種太刀，主張必須學習所有太刀的不同招式變化，武藏卻否定這種主張，表示劍法變化無窮，不論再怎麼學習招式也沒用，批判此等形式主義。

佐佐木小次郎與武藏之間，也能看到幾乎相同的見解歧異。

小次郎本為富田勢源的高徒，勢源門下無人能及，就連勢源之弟——次郎左衛門也是他的手下敗將。小次郎因此志得意滿，後來自立門戶創立「巖流」一派。富田流是個以「劍勢敏捷」為尊的流派，小次郎同樣鍾愛強調速技的劍法。據說，他藉由斬殺飛過橋下的燕子習得速技，根據小次郎關於相對速度的見解，簡單來說想要斬殺燕子，首度出刀必須抓準燕子轉身時機，利用比燕子轉身更為迅速的速度斬殺即可。

但是武藏卻主張，相對速度本身有其極限。換言之，此舉就如同為了因應變化，而事先自創招式一樣，即便因應燕子速度構思出刀速度，同樣的速度並無法應付比燕子還要迅速的敵手。所以，最重要的莫過於本身對於敵方速度的觀察力，培養出不論任何速度都能隨機應變的雙眼才是關鍵。

小次郎將藉由燕子習得的速劍稱為「虎切劍」，在各國巡迴比試戰無不克，後被迎入小倉的細川家，以劍術名震天下。此時人在京都的武藏聽聞小次郎劍名如雷貫耳，想要與小次郎的速劍比試看看。他認為速劍本身意涵並非劍法本義，此舉也是順理成章。

他南下小倉到細川家下戰書，對方答應後，約定在船島比試。武藏原應留宿家臣之長——長岡佐渡家，隔日再由對方以船隻護送到船島，然而武藏有自己的打算。他後來隱瞞行蹤，住到下關船貨運中盤商小林太郎左衛門家中。

翌日，當小次郎已經登島的消息傳來，武藏這才起床、用早餐，請主人拿來一隻船櫓，借來木工工具開始做起木刀。信差數度催促武藏啟航，他卻充耳不聞，專注雕刻木刀。最後做出一把四尺一寸八分的木刀。

小次郎使的是一把長三尺餘、稱為「物干竿」（曬衣竿）的長刀，那把長刀相當有名。武藏也破例帶著一把三尺八分的長刀，但是長度不及物干竿。小次郎的速劍絕招是在長刀揮下的同時瞬間反向往上攻擊，此為小次郎獨特的虎切劍。對付這招式，必須從虎切劍難及之處伸展手臂單手攻擊。這是武藏的戰法，也是他製作特殊木刀的原因。

武藏遲了三個小時才抵達船島。他直接從淺灘下船涉水而過，小次郎在島上等得疲累不堪、焦躁難耐，一見武藏下船，氣憤不已地來到岸邊。

「你為什麼遲到？是怕了嗎？」

小次郎怒吼，武藏卻不回答，只是沉默凝視小次郎。小次郎正如武藏預料，因此更為火冒三丈，在拔出長刀的同時將刀鞘扔入海中。

「這場比試，小次郎你輸了。」武藏平靜地說。

「為什麼是我輸？」

「你若想贏，斷不會將刀鞘扔入水中。」

我覺得，這段問答真是武藏一生的壓軸高潮。我不得不承認，武藏真是個天才。不過，他是努力型的天才。光明正大地一點一滴構築本身劍法，而且那還真是少了他的個性就難以成立的劍法。他的劍法能即時因應不同對手，是種「變」的劍法。當武藏面臨這最後的戰場，看到敵手將刀鞘扔入海中時能反射性地運用那樣的行為，部分或許得歸功於他的冷靜與修練，但我覺得他本來就是這樣的男人。他並非特別冷靜，而是個在絕境中也能抓住最後一根救命稻草的男人，他的劍法則是充分運用那種個性的集大成。溺水時會拚命抓住稻草求生，身邊不管有什麼踏腳處都要充分運用到底，一切努力只為了最後的活路，這就是他原本的個性，同時也是他的劍法。就運用本身個性、構築於個性之上這一點看來，他的劍法可說是他的藝術品。他也相當擅長繪畫或雕刻，曾說繪畫之道與劍術之道相同，我認為這是相當順理成章的。

船島的這段問答，是這個名為武藏的男人所創作的極度危險、同時也因此極度出眾的藝術品。

實際比試戰況相當驚險，武藏在千鈞一髮之際取得勝利。

小次郎在盛怒之下高舉長刀，那一刀包含對於這段問答的憤怒回應。武藏心知肚明，絕不能放過這大好機會。因為只要多給小次郎這個老練劍客一點時間，他就能慢慢地在揮砍的劍式中重拾冷靜。

武藏急速逼近，近到幾乎可謂大膽。小次郎的長刀劈了下來，然而比起首度劈下的那刀，小次郎速劍隨後的反向攻擊更恐怖。武藏並未忘記，持續挺進。他在千鈞一髮之際躲過小次郎劈下的刀尖，隨後更在挺進的過程中伸展單手出擊，將小次郎往上砍的木刀擊落。小次郎頹然倒下，武藏的纏頭巾同時斷成兩截，掉到地上。

小次郎雖然倒下，不過仍有一息尚存。武藏挨近查看，小次郎果然掄刀從旁劈來。武藏對此早有準備，巧妙地後退躲開了，僅和服褲裙下擺被削落約三寸。武藏也在那瞬間劈下木刀痛擊小次郎胸口。小次郎口鼻出血，當場死亡。

武藏雖將都甲太兵衛「隨時都能從容赴死」的覺悟，稱為劍法精髓，但是他的劍法卻非構築於此等覺悟之上。晚年著作《五輪書》會如此無趣，也是因為這其中的落差，因為他的劍法並非構築於覺悟之上，而是構築於個性之上，即便如此卻以覺悟性的一致邏輯論述劍法。

武藏的劍法不僅利用敵方的怯懦，就連本身怯懦也加以利用，是種將怯懦反過來當作武器的劍法。這種劍法將「溺水之人連稻草都會拚命抓住」的卑鄙弱點，反過來提升至武器的層級，加以運用求勝。

我覺得，那才是真正的劍術。因為只要輸就會死，所以無論如何都必須求勝，沒有任何妥協的餘地。在這種最後的戰場上，勝利存活的人就是王，正義自然也是屬於勝利的一方，所以不論是非黑白都必須求勝。我們眼下的戰爭[29]亦然，無論如何都必須求勝。

然而非常可悲的是，武藏的劍法並不見容於當時社會。那是形式主義的柳生流的全盛時期，像武藏這種「勝負第一主義」過於激烈，毫無生存的空間。

武藏的劍法說起來也是另一個淪落的世界。我不是因為「不見容於世」才稱之為「淪落的世界」，但其劍法不見容於世的原因之一，的確也可歸咎於那種淪落性格就是了。

在武藏的世界裡凡事都得孤注一擲，卻又不能聽天由命，必須在超越實力範圍之處拚得最後活路。與傳七郎的比試中，對方帶了一把大木刀，武藏見狀雖然吃驚，卻反而利用那種狀況，創造出赤手空拳逼近對方的方法；在與小次郎的比試中，武藏並未放過對手扔掉刀鞘的舉止；在松平出雲守的御前比試中，武藏一察覺對手的鬆懈，便在致意前搶先將對手擊倒。

武藏在比試前總是謹慎又細心地籌畫準備。他從未忘記必須在比試中奪得心理主導

29 本文在昭和十七年（一九四二）十一、十二月分兩次刊載於文藝春秋社出版的文藝雜誌《文學界》。此處「眼下的戰爭」指第二次世界大戰。

權，所以刻意遲到讓對手焦慮，又或反其道而行搶先抵達現場。他從未喪失堅實的心理準備，所以自己的木刀自己削，也從未對於特殊準備有所懈怠，所以在面對鎖鍊鐮刀時持雙刀應戰。他面對比試總是縝密算計，一旦正式比試，更是在算計之外尋求活路。這樣的即興性，不論擁有多麼深奧意涵，都無法成為名門正派，每次比試賭上的都是一次奇蹟。那等於是將自己放逐至與本身理念背離之處賭博。面對那樣的賭博或許已有萬全準備，也或許很有自信，但是賭博就是賭博，這一點不會改變。

「小次郎你輸了。」

武藏目光如炬地利用對手舉止這麼說。然而，他的話中帶著任何餘裕嗎？武藏只是拚命求生，那是專注拚命的念頭憑藉溺水者的猛烈掙扎，追逐著救命稻草的奇蹟，所以才會說出這句話來。這是毫無餘裕、下意識創造出的炙熱策略，所以我才稱之為「幾近駭人的美麗」。這是絞盡腦汁周全算計，賭上畢生修煉，而且還是超越算計或修煉範圍的拚命策略，所以美麗動人。他無論如何都不想死。那執著的一念匯聚成極度的兇狠，匯聚在他的劍上，糾纏一切得以糾纏的事物，一切的一切只為開出一條血路罷了。踏上最後的戰場，下意識地將此策略運用得如此淋漓盡致——這就是武藏。將本身難以獲得救贖、貪戀俗世的個性，反過來作為武器運用——這就是武藏。

然而，武藏卻沒有那種惡人的心狠手辣。像他在松平出雲守面前一見對手鬆懈，致意前就將其打倒，說起來卑鄙是卑鄙，卻不是惡人的心狠手辣，反倒像是憨直鄉巴佬固執一念的直來直往。他總之就是直來直往地固執一念，滿腦子只想求勝。他充其量只是個劍客，與能當上一國之君的那種惡人形象實在相距甚遠。

他本身並沒有男子漢大丈夫「視死如歸」的覺悟。因為沒有此等覺悟，才得以創造出獨特無比的劍法，同時也因此缺乏捨劍開創其他道路的技藝，人生毫無廣度。都甲太兵衛後來當上家臣之長，演出一夜造園的絕技，而武藏在二十八歲時停止比試，燦爛青春就此閉幕，終其一生都是個庸庸碌碌的劍客，悲憤徒嘆本身創造出的劍法不見容於世。他雖然在六十歲時寫出《五輪書》，但其中已不復見構築於個性上的穩固技術所散發出的天才劍術光輝，缺乏坦率主張本身劍術的自信與力道，只會以「精髓書」裝模作樣的姿態賣弄詞彙，煞有介事地分成地、水、火、風、空五卷，標新立異又自甘媚俗，充其量是暴露鄉巴佬憨直的本性罷了。

劍術不過也只屬於青春，尤其武藏的劍術更是青春的劍術。那是以孤注一擲的絕對性賭博的淪落之術，是種奇蹟之術。武藏自己沒有察覺到這一點，始終相信所謂的名門正派，在此錯誤認知之下，本來就具備不見容於世的性格。

武藏在二十八歲那年停止比試，在那之前他比試過六十多場，從未嚐過敗績。如果那樣的激昂得以維持一生，不得不稱之為讓人驚嘆的超人，然而這種要求未免過於嚴苛殘酷。他雖然血氣方剛、願為榮譽而燃燒，但是面對每場比試都如履薄冰，不僅細心謹慎，準備周到萬全，那傾注全身心靈的拚命念頭讓我不由得不寒而慄，同時也不禁一掬同情之淚。但是，畢竟都已經做到這種地步了，要是一生都能像這樣一以貫之就好了。在這過程中，要是敗在誰的手下、被誰殺害，那也無可奈何。我覺得，如此一來他也能獲得救贖，而且除此之外也沒有任何獲得救贖的方法了。銳氣消磨殆盡後寫下《五輪書》，根本就是下下之策。

武藏這個人，其劍術事實上確立於劍術最真實的本貌之上，同時卻又因為過度發揮劍術原有精神反而不見容於世，然而他本身又無法頓悟此真相，抑鬱終生。他是個悲劇人物，同時也是個散發猶如連環畫滑稽感的人物。他輸給了這個世界上的成年人。他輸給了柳生流的成年人，也輸給了其他武藝更為無趣的所有成年人。如果他本身不想成為一個成年人，就不會輸了。

據說，武藏曾在柳生兵庫那裡住了很長一段時間。兵庫被稱為柳生流首屈一指的好手。兵庫對武藏有很高的評價，而武藏對兵庫也有很高的評價。兩人當時每日飲酒作樂、對弈鬥智、談笑風生，最後沒有比試便相互拜別。據說兩人都認同彼此在心法上不分軒輊，無須實際動手比試，我也認同的確可能會有這種情況。然而，若站在武藏的立場而言，我認為此法並不可取。若不實際比試，武藏必敗無疑。武藏的劍不可能存於比試以外的場合，而武藏這個男人也不可能存於比試以外的場合。對於武藏而言，比試是他創作的藝術品，若無比試，他本身就不存在。能在談笑風生中，認為敵方心法與本身不分軒輊、微笑拜別，是種獨當一面的成熟生活方式，若真能體悟此種生活方式，那個名為「武藏」的作品早已灰飛湮滅。

一切都必須活在勝負之中，貫徹勝負，是一件非常艱辛的事情。我常會觀賞日本棋院的昇段對弈賽，對弈結束後他們一定會重新排出方才棋局，陳述如「這時候這樣、那時候那位這樣」的感想，彼此切磋研究。可是勝方總是一邊擺放棋子，一邊意氣風發地高談闊論，那種樂不可支的模樣不言而喻。反觀敗方則是猶如在水中下沉的石子，彷彿結下了永遠的憤恨，明顯的就是難以釋懷。我下棋輸時同樣會覺得悔恨，只是與專營此道之人的憤恨相較之下，從本質上就無法相提並論。這畢竟是涵蓋生命的勝負，會有此等反應也是理所當然，不過看著這些敗者永遠顯露出難以釋懷的神情，卻絕對不是一種糟糕的感覺。因為，這表示他們已經全力以赴，沒有半點得過且過的妥協餘地，沒有餘地讓他們露出為了掩飾尷尬的笑容。

將棋的木村名人[30]被稱為「曠世名人」，在世時就獲得此等評價，不論在任何專業技藝領域都算極度罕見。而這個男人真的是全心全意投入，隻手在棋盤上穿梭奮戰，展現出的鬥志甚至讓人怵目驚心。奕者的鬥志，即便只有區區分毫，也沒有任何人能與之匹敵。就連相撲，也沒有此等鬥志。

然而，即便是木村名人也都不知道輸過幾次。與之相較，武藏的路未免太過悲慘，只要一輸就會沒命。佐佐木小次郎此生首敗就丟了小命，武藏總算能保持不敗全身而退，在榻榻米上揮別人世。不過，就連與生死無關的圍棋或將棋棋士說出「年屆五十，大概就難以負荷激烈的勝負之戰」都屬稀鬆平常了，希望武藏的劍能夠一以貫之，實在是非比尋常、強人所難的要求。我所期盼的絕對是個不可能的難題，然而當武藏停止比試的那一刻起，武藏就已經死了。因為武藏的劍已經輸了。

武藏最後並不是因為深刻體悟像是「得勝一點都不開心」、「一點意思都沒有」、「對此完全提不起勁」、「對人生極度厭煩」等失魂般的空虛，才停止比試。凡看過那本叫做《五輪書》的平凡書籍的人，就會明白這一點。只不過，苟活於世寫下《五輪書》，盛名憑藉該書持續流傳至今，這樣的盛名到底又是什麼呢？

四、再論吾之青春

聽到什麼「淪落的青春」，或許有人會覺得我的青春的意義好像很自暴自棄、頹廢黑暗，可我絲毫沒有那樣的意思。

話雖如此，正如我早先所坦言，我的生活中也不是說有什麼明確的青春自覺或讚歌，

---

30 指木村義雄（一九〇五—一九八六），十四世名人。名人為日本將棋界授予最高權威棋士的稱號。

像我這種人，一生就彷彿徘徊於暗夜裡。只是在這樣的徘徊之中，還是有屬於我自己類似一道光芒的目標，就算是在荒漠中，也有我探索追尋的存在。

我想說的非常理所當然，但是少了信念，活著就沒什麼意思了。然而，信念這種東西也不是那麼輕而易舉就能擁有的，要是被問到「你的信念是什麼」，像我就沒辦法立刻回答。而且就算少了信念，對於人的生活也不會造成實質上的不便，其實也會挺幸福的。就這一點看來，信念這種東西或許只是愚者的玩具罷了。

事實上，信念彷彿是只有憑藉「死」才能獲得生命一般，總是必須在連結死亡的同一條線上貫徹始終，這也是一種淪落，而且大概也只能稱之為「青春」。

然而，「盲目的信念」無論如何激昂，無論在生死兩端如何一以貫之，都不能稱之為「堂堂正正」，相反的，只散發出一股歇斯底里的過剩熱情的混濁感，讓人不快。

我非常喜歡一位名叫天草四郎[31]的少年，他在日本可說是史無前例的人物，我耗時三年努力想將少年的遠大野心與出眾成就寫成小說。為此我必須深入鑽研「切支丹」[32]文獻，那些在日本懷抱狂熱信仰爭相赴死的眾殉教者，然而我有時卻從中感受到無益的歇斯底里式喋喋不休，因此覺得不快。

切支丹有戒律禁止自殺，當時該戒律被嚴格遵守。奧古斯都小西行長[33]當初不願自殺而被押往刑場處死，選擇了不像武士的死法。切支丹還有個規定是手持武器抵抗戰死，就不能被承認為「殉教」，島原之亂的三萬七千名戰歿者因此不被承認為「殉教」。根據此戒，為了在被捕時表現得像個切支丹，有些細心周到的武士被捕吏圍捕時，會刻意拔出腰際配刀，連同刀鞘扔向遠方，自願受綁；同時還有「伴天連」（神父）在被處死時，會說，「榮獲為主殉教的光榮」向劊子手致謝，並為其禱告。當時殉教須知的印刷刊物廣為

31 天草四郎（約一六二一—一六三八），日本江戶時期宗教內戰島原之亂的義軍首領，當時被遭受幕府壓迫的教徒尊為「天童」、「救世主」。

32 音譯自葡萄牙文cristão，指基督教徒（Christian）。在西方國家，所有信奉耶穌，以舊約、新約為聖經的宗教都可泛稱為基督教徒，其下又分很多派別，最主要為天主教、新教，以及東正教。最早到日本的傳教士聖方濟．沙勿略隸屬於天主教耶穌會，因此日本歷史上所稱「切支丹」，更精確而言應該是指天主教徒。

33 小西行長（約一五五七—一六〇〇），日本戰國時代武將、天主教大名。奧古斯都是他受洗後的教名。

流傳，信徒都對切支丹的死法很有研究，教會的指導階層簡直就像在鼓勵教徒赴死一般，陷入駭人的歇斯底里中。他們的血流成河讓人不忍卒睹，我有時會對那種一味鼓勵人們赴死的歇斯底里性格感到非常憤怒，不由得對那種愚昧咬牙切齒。

即便是「生命」，應該也存在所謂「交易」的概念。如果生命只值計算錯誤的低廉代價，就算為信念而死也是愚不可及。人們會為十錢的茄子討價還價，但不會因此而歇斯底里，只有在面對生命交易才會陷入莫名其妙的歇斯底里，急切地想將自己弄到破產。這實在不是什麼光彩的事情。

宮本武藏即將與吉岡一門百餘名對手展開血鬥的當天早上，想要搶先趕到一乘寺下松的決鬥場地途中，經過八幡神社，突然湧現非得進去祈求必勝的強烈情緒，但隨即打消了在神前膜拜的念頭，因為有一股必須憑藉己力求勝的勇猛之心鞭策著他。

我覺得這個武藏非常值得敬愛，但是這種心情也僅止於這段插曲，我無法贊同將這段插曲與他的一生連結，賦予莫大意義。不只是武藏，不論是在何種神祇面前，只要是站在神的面前又有多少人真能泰然自若呢？神社或寺廟占地範圍內往往都很幽靜，我常會選擇去那些地方散步。雖然我毫無信仰，但是正殿這種地方，不論何時總會讓我心神不寧。

一股好像非祈願不可的衝動，此時總會在心底蠢蠢欲動，儘管如此，那樣的熱切也不至於讓我真能衝動到磕頭拜神。可是每次都這麼不乾脆也很不像話，後來心想下次倒不如就磕頭拜神算了。有天，下定決心到了氏神神社，最後還是只做到了低頭致意，同時驚訝地發現自己為此渾身不自在。果然，像我這種傢伙，即便心底那股想祈願的情緒多麼熱切，也僅止於心靈層面的複雜糾葛，不能因此就實際低頭膜拜。從此以後，我就放棄了。

自殺身亡的牧野信一是個追求時髦的人，生平最忌諱在人前看來土里土氣，但是他無論如何就是沒辦法毫無作為地自在走過神佛面前。唯有此時，他會毫不在乎旁人眼光，在畢恭畢敬地投入香油錢之後，誠心膜拜。我雖然羨慕那種天真直率，卻無論如何都提不起勇氣一起膜拜，只能隔著一段距離，用腳踢著鴿子吃的豆子。

數年前，菱山修三大概在出國前三週從階梯上摔落咳血，曾被判定存活無望。我當時一直以為菱山必死無疑，可是他卻在約一年半後徹底痊癒。菱山說肺病這種疾病，只要有所覺悟，將治病視為人生目的就真能痊癒。他對於人生其他所有目的完全斷念，將治病當作人生唯一的目的。據說他還嚴格遵守「絕對靜養」。

我後來住到小田原的松林，左鄰右舍全都是肺病患者。哀哉，我立刻發現他們大多數都沒有「放棄其他一切，以治病為人生目的」的覺悟，無法完全擺脫一般人的生活，而是過著一種半吊子的抗病生活。病情感覺比菱山輕微的患者鎮日不是沉溺於閱讀，就是外出散步，沒多久就一個接著一個撒手人寰。至此，我被迫領悟「將治病當作人生目的」也是不得了的大事業，想要治癒肺病也需要極高度的教養。

死亡很簡單，求生卻是艱難的事業。即便如我過著空虛的生活，毫無內涵的時時刻刻也深刻體悟此等感慨。明明過的是如此空虛、沒有內涵的生活，還是覺得活著就已經讓我耗盡全力，我還想祈禱、想喝醉、想忘懷、想大叫、想奔跑，但我已經沒有餘力。活著，就已經是我的全部。

對於這樣的我而言，「青春」簡單來說就是「活著」的同義詞，沒有年齡的區隔，也沒有結束。

我會寫小說也是因為忍不住想要創造超乎自我的奇蹟，並沒有什麼了不起的其他動機。這麼說或許會被嘲笑，可是事實就是如此，我也沒辦法。換言之，我的小說本身就是我淪落的象徵，「將自己的現實如實與奇蹟合而為一」是我唯一的熱情。除此之外，我不知道任何其他的生存方式。

這話聽來似乎自信滿滿，事實上，或許沒有任何生存方式會比這種方式更缺乏自信。「持續追求奇蹟」與「每次一回神只有失望」可謂互為表裡，沒有什麼比明確得知自己的實際力量更為悲哀。

然而，對於這與生俱來的力量，事到如今也沒有悔恨的餘地，我能走的路只有一條，那就是持續前進。

我有個名叫長島萃的朋友，他在八年前發狂身亡。這男人的父親叫長島隆二，過去是位著名的權謀政治人物。據說這位政治家常訓誡孩子：「別做正經工作，要敢衝，像開礦的[34]大賺一筆。」他常要孩子以後去炒股票或寫小說。

我當時對喜歡的女人提起這事，她表情轉為嚴肅說：「小說家像開礦的嗎？」

我沉默不語，或許還說了「不，小說家不像開礦的」（我也不太記得了），不過如今回想起來，只覺得不愧是權謀政治人物，這話說得真是巧妙。其實他所謂「開礦的」含義

34　日文原文為「山師」，此詞彙擁有多種意涵，除了「開礦技師」或「伐木工人」之外，後來還衍生出「投機師」或「詐欺師」等意。

可能與我的理解不同，不過我覺得小說還真像開礦工作。因為會不會挖到黃金、會不會挖到鎳，不實際開採就毫無頭緒，總之可以確定的是必須賭上超乎本身的力量。就更為普通的意義而言，我覺得小說家就是開礦的，即便不是開礦的也是賭徒，至少我本身是。

對於這樣的我而言，這一生反正就是怵目驚心的青春，這也沒辦法。我也忍不住想坦白自己實在沒自信，不能說完全不會覺得自慚形愧，但有時也會以此為傲。此外，我還企圖在墓碑刻上「殉淪落」這一行字，瀟灑告別人世。

簡而言之，除了說「活著就是我的全部」之外，別無他法。

3 日本文化之我見

一、所謂的「日本式」

我幾乎沒有學習過日本古典文化的相關知識。沒見過讓布魯諾．陶德[1]讚不絕口的桂離宮[2]，也不認識什麼「玉泉」、「大雅堂」、「竹田」又或「鐵齋」。遑論聽過「秦藏六」、「竹源齋師」的名號了。第一，我本來就鮮少旅行，不論是祖國的那個町這個村，或是什麼風俗山河全都沒概念。陶德口中那個「日本最為粗鄙的新潟市」恰巧是我的出生地，上野到銀座那條被他輕蔑厭惡的霓虹街道，卻是我鍾愛之處。我對於品茗之道一竅不通，相反的只懂酩酊大醉之樂，在孤獨的家居生活中，對於壁龕之類的東西從來都是不屑一顧。

1 布魯諾．陶德（Bruno Julius Florian Taut，一八八〇—一九三八），德國知名建築師，醉心日本建築，出版多本日本建築相關著作，也曾長期居住於日本。

2 位於日本京都，是建於江戶時代早期（約一六四五年完工）的離宮，被認為是日本庭院建築的傑作，常被拿來與同時代建設的日光東照宮比較。

但是，我從不認為這種生活，因喪失祖國光輝燦爛的古典文化而顯得貧乏（然「因其他原因顯得貧乏」的自省，常讓我煩惱不已……）。

陶德某日接受一個據說是竹田愛好者的日本富豪招待。當時有十多位賓客齊聚一堂，主人完全不假女傭之手，親自往返倉庫與客廳，將一幅幅掛軸掛到壁龕中，等到眾人欣賞後再去取別幅畫來。據說，與眾人一同欣賞名畫就是主人的一大樂事。眾人賞完畫後，變更座位形式，開始泡茶品茗並行禮如儀地用餐。如果說過這種生活是為了「保存日本傳統文化」，所以是內涵豐富的生活，那所謂「內涵」的標準未免過於庸俗，就我聽來簡直是胡說八道。只不過，早已喪失文化傳統的我也無法（為此變得）稱得上是「內涵豐富」。

尚．考克多[3]有一回來日本時，曾問：「日本人為什麼不穿和服？」還因為日本忘卻祖國傳統，致力模仿歐美而感慨萬千。原來如此，法國還真是個不可思議的國家。戰火一起，首先撤離的就是羅浮宮的陳列品與金塊，為了保全巴黎寧願投降交出祖國的命運。他們雖然繼承了這些傳統遺產，卻似乎渾然不知理應創造祖國傳統的就是他們自己。

所謂的「傳統」是什麼？「民族性」是什麼？日本人有什麼必然性格，真有什麼決定性因素必然會發明和服、必然要穿和服嗎？

只要翻閱說書內容，就會發現我們的祖先報復心極強，哪怕踏遍天涯海角、沿街乞討，都要不顧一切地追討仇人。「武士時代」結束至今不到七、八十年，[4]對我們來說已像昨日虛幻的夢境。今時今日的日本人大概是世界各國中憎恨心最為薄弱的民族。我學生時期有過這麼一段往事。當時就讀的「雅典・法蘭西」[5]語言學校為羅伯特老師舉辦了歡迎會，會中座位已事先安排好，桌上都放有名牌，不知為何只有我一個人被夾在兩個外國人中間，正對面就是考特老師。考特老師吃素，就他一個人的菜色與別人不同，都在吃類似燕麥粥的餐點。我也沒有其他談天對象，無聊之餘忍不住觀察起老師的吃相。只見老師

3 尚・考克多（Jean Cocteau，一八八九—一九六三），在文學、戲劇、美術等領域都有傑出作品的法國全才藝術家。

4 一八六九年，日本明治政府通過版籍奉還廢除幕府時的身分制度，宣布士農工商四民平等，武士與武士制度消亡。

5 雅典・法蘭西（Athénée Français），位於東京，教授法文、英文、古希臘文與拉丁文的語言學校。創立於一九一三年，聽講生除了坂口安吾之外，不乏日本各界的知名人物。

以猛烈迅速的氣勢舉起湯匙，隨即以秋風掃落葉之姿反覆在嘴巴與盤子之間移動他的手，直到吃完為止。我才吃了一口肉，老師已經將整盤燕麥粥全吞進肚子裡。我心想，也難怪老師的胃腸會不好。後來，到了餐桌致詞時間。考特老師一起身便發出沉痛悲傷的語調，突然發表起追悼克雷孟梭的演說。克雷孟梭是一次大戰的法國總理，是一位被稱為「老虎總理」的好鬥政治人物，當天報紙正好報導了他的死訊。考特老師是崇尚伏爾泰的虛無主義者，也是無神論者。他最愛哀歌，喜歡教授學生伏爾泰的諷刺短詩，也愛吟誦。所以，我作夢都沒料到老師會在未經理智思考的情況下，單憑感傷情緒針對死亡抒發己懷。我那時還以為老師的演講是開玩笑的，應該是留了一手，隨時都會迸出顛覆現場氣氛的幽默話語。但是老師的講話逐漸從沉痛轉為悲痛，我才明白這並不是玩笑。由於眼前景象實在過於出人意表，我在驚愕之餘不由得笑了出來……我想我這一輩子都忘不了老師當時的眼神，因為老師怒瞪我的眼神，充滿了殺之尚不足以洩憤的嗜血憎惡。

日本人沒有這樣的眼神，我從沒見過日本人顯露出這樣的眼神。我事後還特別留意觀察，但是從未再見到這樣的眼神。換言之，日本人是沒有這種憎惡的。存在於《三國志》的憎惡、存在於《查泰萊夫人的情人》的憎惡，那種大卸八塊尚不足以洩憤的嗜血憎恨，在日本人身上幾乎看不到。「昨日之敵可為今日之友」的天真，才是日本人共通的情感。多數日本人恐怕都已深刻體認到，我們這些人並不適合復仇。要日本人經年累月地徹底憎恨都幾乎不可能，充其量流露出「死咬不放」的眼神，已是極限。

不論是「傳統」或「民族性」，有時也隱藏著這種欺瞞。明明與自己個性背道而馳的習慣或傳統，卻非得像生平所願似地背負在身上。所以，說什麼「日本以前就有的傳統，因為是過去的傳統所以是日本原有的事物」，根本就不成立。有些存在於國外，日本尚未體驗的習慣，事實上也可能十分適合日本人；反之存在於日本，國外未曾體驗的習慣，事實上也可能適合外國人。這並非模仿，而是發現。如同歌德受到莎士比亞作品的啟發，寫出屬於自己的傑作一般，即便在尊重個性的藝術領域中，從模仿進而發現的過程同樣屢見不鮮。靈感多半是從模仿精神出發，最後藉由發現開花結果。

「和服」是什麼來著？不過就是與西洋服飾的交流晚了千年，在有限的既定裁縫手法之外，完全沒有其他手法能啟發創新的產物罷了。並不是日本人瘦弱的體格特別容易催生出和服，也不代表日本人穿上和服才美。體格健壯的外國男士穿上和服，看起來或許遠比我們英姿颯爽。

小學時，橫跨信濃河口的木橋「萬代橋」被拆除了，河川被填掉一半的寬度後，原處新建了一座鐵橋。我曾經很長一段時間為此感到悲傷。日本首屈一指的木造橋梁沒了，河川寬度變窄了，自己引以為傲的事物消逝了，那是種心如刀割的悲涼。如今回首過往，那奇妙的悲傷反倒成為如同夢境的虛幻回憶。隨著我們長大成人與外物交流逐漸深厚的同時，這樣的悲傷反而變得越來越淡薄。就這樣，如今我對於木橋被鐵橋取代、河川寬度被縮減的事實，不但不會覺得悲傷，反而覺得這是天經地義、理所當然的事。這種變化或許不僅出現在我身上。眼見故鄉舊貌遭受摧殘，歐美風格的建築物取而代之，許多日本人並不感到悲傷，反而覺得欣喜。我們需要全新的交通運輸工具，也需要電梯。比起「傳統之美」、「日本原有的樣貌」，我們更需要便捷的生活。即便京都寺廟或奈良佛像全毀了，也不會覺得哪裡不方便，但電車不開可就麻煩了。對我們而言，要緊的就只有「生活所需」，就算古代文化全毀了，生活不會停止，只要生活本身還繼續，我們還是能保持完整的獨特性，因為我們不會失去本身所需以及因應所需的欲求。

陶德在東京發表演講時，聽眾大概有八、九成都是學生，剩下的一、兩成是建築師。那場演講早將邀請函廣發給東京所有的建築界專家，最後還是這樣的結果。據說，這種情況絕不可能發生在歐洲。一般都是建築師占八、九成，另一、兩成是關心都市文化的市長或町長等擁有名譽職頭銜的人士，照理說根本輪不到學生出席。

我對建築界並不熟悉，若以文學界來思考相同情況，即便安德烈・紀德[6]在東京演講，小說家中或許也會有約九成的人選擇不去聽。所以，聽眾還是會有八、九成是學生，而且學生聽眾中或許會有約三成的女學生。當我還是佛學系學生時，曾經去聽忘了是法國還是英國佛學者的演講。日本的僧侶明明滿街都是，結果來的聽眾卻全是學生。那些學生的志願大概都是要當僧侶的吧。

這是因為日本的文化人都過於怠惰，又或是因為西方的文化人過於社交性勤奮嗎？社交性勤奮不見得就是勤奮，社交性怠惰也不見得就是怠惰。姑且不論勤奮或怠惰，日本的文化人還真是一群讓人傷腦筋的傢伙。沒看過桂離宮，不論「竹田」、「玉泉」或「鐵

---

6 安德烈・紀德（André Paul Guillaume Gide，一八六九—一九五一），法國作家，一九四七年的諾貝爾文學獎得主。

齋」，都一問三不知，同時也不懂品茗這回事。談到小堀遠州[7]，可能還會有人說：「建築師？園藝師？領主？茶人？該不會是哪個忍術流派的掌門人吧？」摧毀故鄉的古老建築，蓋出四不像的西式簡陋棚屋，還洋洋得意。結果，不論是陶德或紀德的演講，連聽都不去聽，反而喝得爛醉如泥、腳步踉蹌地徘徊在幽暗的霓虹燈街道，在鬈髮女人的陪酒助興下牛飲假威士忌酒。真是一群無可救藥的傢伙。

這些人不僅不了解日本固有傳統，甚至還盲目地對歐美文化東施效顰，那副德行根本不成體統，不僅沒有任何一絲一毫的美感，根本就是個冒牌貨。賈利．古柏[8]能夠造成電影院因爆滿而婉拒觀眾入場的盛況，梅若萬三郎所能吸引到的觀眾卻是屈指可數。這樣的「文化人」，不是貧乏至極嗎？

只不過，陶德去發現日本、去發現日本傳統之美，與我們雖然逐漸喪失日本傳統卻還是日本人的事實，這兩者之間存在著陶德無法想像的差距。換言之，陶德必須去發現日本，而我們卻根本不需要發現日本，實際上就已經是日本人了。儘管我們或許正逐漸喪失傳統文化，卻不會因此喪失日本。日本精神是什麼？這個問題根本不需要由我們自己來探討。日本又不是從附帶補充說明的「精神」中孕育而出，所謂的「日本精神」也不需要補充說明。只要日本人的生活健康，日本本身就會健康。日本人彎彎的短腿套上長褲、穿上洋服，歪七扭八地走路、跳舞，捨棄榻榻米，霸氣十足地坐在廉價桌椅上，裝模作樣。歐美人眼見此情此景覺得萬分滑稽，而我們自己本身卻對這樣的便利性感到心滿意足，這兩者之間其實是毫不相干的。他們憐憫訕笑我們的立場，與我們持續生活的立場，這兩者之間在基礎上完全不同。只要我們的生活是基於正當要求，他們的憐憫訕笑只會顯得膚淺至極。彎彎的短腿套上褲子，歪七扭八地走路，看來的確滑稽，訕笑也是人之常情，只要我們不拘泥這種小節，著眼於更高遠的目的，訕笑他人的那方不見得就比較聰慧高明，不是嗎？

正如我方才早已老實招認，我沒看過桂離宮，不論是「雪舟」、「雪村」、「竹田」、「大雅堂」、「玉泉」，又或「鐵齋」，全都一概不知，另外也不認識什麼「狩野派」或

---

7 本名小崛政一（一五七九—一六四七），江戶時代前期的大名、茶人、建築家。

8 賈利・古柏（Gary Cooper，一九〇一—一九六一），美國知名演員。一九四一年以《約克軍曹》（*Sergeant York*）獲得奧斯卡最佳男主角。

「運慶」。但是，我卻想要談談自己的「日本文化之我見」。對於祖國傳統一竅不通，充其量只知道霓虹燈與爵士樂的傢伙想來談談日本文化，或許很不可思議，但是至少我沒必要去「發現」日本。

二、關於庸俗（人只會眷戀人）

我從昭和十二年（一九三七）的初冬到隔年初夏都住在京都。當初到京都沒什麼明確目的，動身時只帶著剛動筆的長篇小說與千張稿紙，連毛巾或牙刷都沒準備，單純只是想去拜訪隱岐和一[9]，拜託他幫忙找個落腳處，讓我在孤獨中完成小說。如今回想起來，那時還真是一心嚮往「孤獨」，實在令人懷念。

隱岐在最平凡無奇的閒話家常中，打探著我「在京都想看什麼」、「喜歡吃什麼」。我這趟原本只期待在東京往來時的那無須客套、真誠爽快的友誼接待，沒想到京都的隱岐並不是東京的隱岐。他為了款待訪客，搖身一變成為細膩又周到的古都公子哥兒。我心不在焉地脫口而出「祇園」[10]、「舞妓」[11]、「山豬」……真的是心不在焉地脫口而出。因為出發當晚，尾崎士郎為了餞行帶我去吃飯時，我生平頭一次吃到山豬肉，所以被隱岐一問就順勢答了出口。更何況，我也沒料到山豬肉這麼容易就吃得到。結果從隔天起，我連續每晚都遭受山豬肉款待的攻擊，更糟糕的是大概到了第三天，我十分篤定地認為山豬肉完全不合我的胃口。即便如此，我也只能忍耐著全吞下肚。另外關於「舞妓」，我一到京都的當晚，立刻被帶去花見小路[12]的御茶屋[13]。當時，祇園大概有三十六、七位舞妓，我醉

9 隱岐和一（一九一一—一九四五），小說家、編輯。與坂口安吾、牧野信一等人共同創辦文藝期刊《紀元》，曾於京都款待坂口，同時長期支持並資助坂口創作。二戰時被徵召入伍，戰歿於菲律賓。

10 京都的代表性區域，以能夠觀賞到藝妓表演的花街文化聞名於世。

11 在京都花街宴席上，以傳統歌舞或樂器助興、精通專業待客之道的女性表演者稱為「藝妓」，尚在見習階段的藝妓稱為「舞妓」。日本的藝妓文化起源於京都，並可追溯至江戶時代中期（約十七世紀），現已成為京都的代表文化。

12 位於京都，貫穿祇園的主要街道。

13 京都提供聚會場地與酒水，同時接受顧客委託，代訂餐點或請藝妓、舞妓前來表演或服侍的營業場所。

眼朦曨地望著約莫二十位舞妓逐一在眼前現身時，都已經有些聽天由命地閉上內心的觀念之眼，不願再深思什麼了。

待我前前後後看遍一半以上的舞妓，卻覺得如此愚蠢的存在還真是世間少有。原以為她們受過特殊的教養調教，但從她們身上卻看不出絲毫教養，舞蹈程度也是半吊子，談論的話題只知道水之江瀧子與津阪織枝[14]。既然如此，她們有沒有玩賞功能的純潔魅力呢？放眼望去，全都是些小孩裝老成之流，毫無清純可人之美。這些女孩原本就是玩賞功能被發揮到極致的存在，以「少女」作為賣點，卻毫無少女的美德。若無羞恥之心，自然不會有絲毫少女的氣息。既然身為少女又不像少女，那麼她們擁有兼具少女與成人的魅力嗎？結果也沒有。中國廣東據說有稱為「盲妹」的藝妓，他們從小挑選美貌女孩將她們弄瞎，然後針對教養、舞蹈或音樂特別調教。支那人幹的事的確惡毒，卻夠徹底。反正，從一開始就打算作為「玩賞用途」施予人為訓練，其做法也可理解。將人弄瞎雖然走火入魔，可是惡毒歸惡毒，光憑想像就能稍微感受到那種不可思議的美色。舞妓看來就像人為加工品，卻缺乏人工的妙趣。身為小姑娘卻少了小姑娘的羞恥心，想當然耳也就少了那種自然的韻味。

我們後來在五、六位舞妓陪伴下，去了東山的舞廳。抵達時，已經接近深夜十二點。來這裡的原因是其中一名舞妓說喜歡那裡的一名舞者，想和他跳舞。舞廳位於東山半山腰，離鬧區有段距離，比東京跳舞的地方漂亮多了。舞廳當時客滿，而讓我大吃一驚的是，原本在餐會上喋喋不休、跳舞助興時看來完全不出色的舞妓，一融入舞廳人群中隨即技壓全場，傲然綻放醒目光芒。換言之，舞妓獨特的和服、垂掛的腰帶，鋒頭掩蓋了身穿西服的男士，壓過身著晚宴服的舞女，就連洋人也頓時相形失色。原來如此，傳統事物還真有其獨特威力啊，我也稍稍為之折服了。

同樣的，我每次看相撲時也有同感。隨著司儀呼出、行司[15]唱名，力士相互鞠躬敬禮，輪流四腳頓地、漱口，從容灑鹽，擺出備戰架勢。接著，轉換備戰架勢、相互怒目

14 皆為日本當時在女性歌舞劇團反串男角而走紅的知名女演員，尤其是水之江瀧子以「男裝麗人」之姿縱橫一九三〇至四〇年代，深受日本民眾喜愛。

15 相撲主審。

盯視一會兒，再從容抓起一把鹽。土俵[16]上的力士足以震懾整座國技館，不論是數萬名觀眾、國技館的龐然建築物，與土俵上的力士相形之下都顯得格外渺小孱弱。

只要將相撲與棒球兩相對比，差異一目了然。棒球場是多麼遼闊廣大啊，九位選手一上場就完全被球場的廣闊淹沒，被滿場追著跑，站在數萬觀眾面前，無力到讓人同情。選手與球場的廣闊相較之下，簡直像除草工人般寒酸，感覺不太像在打球，倒像是氣喘吁吁地被球滿場追著跑。直到有一次看到貝比．魯斯[17]一行人打球時，才覺得果然名不虛傳，感覺完全不同。他們以經驗老到的炫目表現技壓全場，球場的廣闊此時也不再醒目。這些球員即便未能完全壓過球場，至少也能與之平起平坐。

這種感覺與身材沒有關係。相撲力士也不見得全是彪形大漢，而且也不一定全都歸咎於技藝。說到底，那是一種傳統的威嚴。正因為擁有傳統的威嚴，才能壓過土俵、壓過國技館的巨大建築物、壓過數萬觀眾。只是，單憑傳統的威嚴難以延續永恆不衰。即便舞妓的和服能夠壓過舞廳、力士的儀式能夠壓過國技館，舞妓或力士也不可能單憑傳統的威嚴，維繫永恆不衰。若無延續那威嚴的實質內容存在，最終只會走上滅亡一途。所以問題不在於傳統或威嚴，而在於實質。

我在伏見找到落腳處前，在隱崎另一個住處住了約三週。隱崎另一個住處位於嵯峨，儘管京都市內放晴，愛宕山仍然密雲四布，附近每天都是雪花紛飛。距隱崎這個住處三十間[18]以外，有座不可思議的神社叫做「車折神社」，明明祀奉的可能是某位名叫清原的學者，神像卻明擺著是尊財神。神社正殿前有一區豎立著圍欄，其中有座以數萬顆小圓石堆成的小山，據說參拜者只要將想要的金額與姓名生辰等寫在石頭上，放進去就能心想事成。那座石頭山有寫著五萬圓的石頭，也有寫著三十圓感覺很淒涼的石頭，還有少數寫著「想加薪多少」、「獎金想提升多少」等詳細數字的石頭。我在節分之夜，憑藉神火[19]殘餘

16 相撲力士競技用的正方形土台，做法或尺寸等都有嚴格規定。
17 貝比．魯斯（Babe Ruth），本名喬治．赫曼．魯斯二世（George Herman Ruth, Jr.，一八九五—一九四八），美國職棒首批進入名人堂的傳奇選手。
18 日本舊時長度單位，一間等於1.8181818公尺，三十間約為五十五公尺。
19 日本神社習慣在新年舉行「神火祭」，將新年裝飾物品等燒掉，象徵送給神明、祈求全新一年除舊布新、無病無災，有些神社也會在節分（春分前一天）舉行這個儀式。

火光，拿起一顆顆的石頭端詳。就我這個居無定所、畢生以寫作為職志，卻必須屢屢面對自信動輒崩潰的人看來，這些石頭著實讓人不舒服。牧野信一是個奇特的人，他沒辦法走過神社佛寺前而不入。每次都非得恭恭敬敬地入內參拜，看到面前掛著能敲響大鈴的鈴繩，也一定要拉動鈴繩，投入香油錢，暫時閉上雙眼、致上最敬禮。不論神社屬於什麼宗派，他都會這麼做。他其實是個內向害羞的人，最不喜歡在眾人面前引人注目。但是，就只有這方面例外。據說他無論如何就是忍不住，非得這麼做不可。有一次他帶著兒子英雄外出散步，順道來我家找我，我們三個後來結伴到池上本門寺。他一到那裡，就催促英雄走到正殿前，要他投入香油錢，父子倆恭恭敬敬地膜拜起來。彷彿要將那莫名其妙的悲壯心願代代相傳，看了實在教人心痛。

在節分火光下，看的那顆石頭、這顆石頭，其實不足以讓人深刻感傷或感動，也不是什麼讓人情緒激昂的東西。只是，那些石頭至今仍鮮活地烙印在我心中。後來我每天穿梭於雪花紛飛的竹林，探訪嵯峨或嵐山的寺廟，踏遍清瀧或甚至是小倉山墓園深處，然而不論天龍寺或大覺寺都只讓我感受到一股莫名的空虛冷冽，除了不舒服的感覺之外，沒什麼其他印象。

車折神社正後方有個劇場叫「嵐山劇場」，是個只有名字氣派的破落小屋。劇場被田地包圍，周遭點綴零星的幾戶人家。傍晚，劇場前的街道上有隻牛自顧自地拖著空蕩蕩的牛車前進，車上載著一個醉倒的農民，正呼呼大睡。我剛到京都，為了尋找隱岐在這裡的另一個住處，曾與開車的司機兩人東張西望地走來走去，結果看到電線桿上貼著嵐山劇場的廣告傳單，寫著「貓遊軒貓八」，還寫著「若有作假，致贈五十袋白米」。這當然不可能有假，因為東京的貓八是「江戶屋貓八」[20]。

不用說，我當然去看了那個貓遊軒貓八，老實說表演相當有意思。貓遊軒貓八是個看來臂力很強、長相凶惡的男人，他不僅不會模仿，也不會任何才藝。那場表演的內容五花八門，包括一個身穿和服的女人，跳舞跳到將和服掀到臀部，貓八則直到表演最後才現身。他出現時威風凜凜，穿著稱頭的傳統男士和服，桌上也裝飾著華麗布幕，比起雲月[21]的裝飾布幕毫不遜色。他露出一抹難解的笑容，彷彿在說「想找碴的人儘管放馬過來」，

20 當時能以聲帶模仿各種動物聲音的模仿名師。
21 指當時著名的浪曲師世家「雲月天中軒」。

同時開口道：「承蒙各位大駕光臨，今晚的表演很有意思吧。明晚請大家找更多朋友，一同前來觀賞我們的表演。」語畢，表演也隨之結束。這樣到底為什麼要在桌上垂掛氣派的裝飾布幕，穿著傳統男士和服現身呢？還真是個奇特的藝人。

這些江湖藝人通常會定點表演一天，久一點的話大概會待三天。江湖藝人並不是每個都像貓八一樣這麼喜歡挑釁，貓八反而算是例外。只要有不同表演團體來，我都會去看，同樣表演甚至會出門去看兩、三次。其中，我看過福井縣一群住山裡的農夫組成只在冬天表演的巡迴團體，又是表演相聲，又是表演戲劇和魔術等，結果每種表演都糟糕透頂。唯有一位技藝老練、看來像團長的中老年人很在乎團體的表演素質，見他照料那整團人的樣子，令人打從心底覺得心疼。那團裡有個十八歲的漂亮小姑娘，全團只靠她吸引觀眾。白天時，這小姑娘就只有一個人陪著，走在田地比住家還多的路上，被胡亂推上台又是表演相聲又是演戲又是跳舞，她的每項表演同樣是學藝不精，看了更教人心疼。我隔天又去看他們表演，可是因為第二天的觀眾只有十五、六位，他們後來就取消第三天的表演，到下個城鎮去了。那天深夜，我想去吃烏龍麵時經過劇場後方，看到劇場木門敞開，表演團體的行李裝了八大車，團長就在路邊烤成串的沙丁魚乾。

只要走過嵐山的渡月橋，就會看到路旁林立的茶店。春天遊人如織，現在遊覽車都會將遊客整批載來吃午餐，所以店家在冬天多多少少也會營業。有天晚上，我與隱岐在散步途中想順便喝杯酒，只是走過一家又一家店，每家店都是一片漆黑，感覺沒有人跡。我們最後才總算找到一家開門做生意的店家。聽店裡一位年約四十的溫柔老闆娘以及十九歲的女服務生說，本以為這冬夜裡絕不會有客人上門，連火都熄了，所以我們就在他們住家客廳中挨著小火爐、喝起酒來。女服務生曾是馬戲團的舞者，突然聊起嵐山劇場。嵐山劇場的觀眾廁所常常是尿液橫流，臭氣薰天，我們為了如廁，都必須辛苦地搶先離席，選擇災情最不嚴重的位置。有時還必須踏過一片尿海，才能抵達小便壺。觀眾廁所況且如此，可想見後台休息室的情況肯定更慘不忍睹。「都不知道怎麼會髒成那樣，」女服務生突然這麼脫口而出。我聽了，對那副情景萌生一股強烈的真實感。她是個天真無邪的小姑娘。據說，她在馬戲團覺得最辛苦的是一到冬天，就必須喝醬油。因為喝下醬油，全身就會暖活起來，所以裸體上台演出前，一定會被逼著喝醬油。她說，很受不了這一點。

我住在嵯峨時，白天都埋頭寫小說。入夜後，大多去嵐山劇場。京都的街道、神社佛寺、名勝古蹟都吸引不了我。就我而言，只要在嵐山劇場尿臭熏天的觀眾席與不到百人的稀落觀眾聽著台上無聊的搞笑段子，邊打哈欠邊哈哈大笑，就已足夠。

隱岐看我這樣也覺得有點頭疼，後來可能是想給我一點教訓吧，某天硬是拉我出門（那一天還下著雪），搭車沿著保津川往上游走，到了丹波一個叫做龜岡的地方。那裡就是以前的龜山，曾是明智光秀[22]的居城，古城遺址上還曾聳立著大本教[23]富麗堂皇的總部。那座總部才剛被政府以「不敬罪」為由，埋設炸藥炸毀。我們遠道而來，就是為了看那片遺址。

山丘上的古城遺址被環抱在一道護城溝渠之中，從上到下，就連乾涸的溝渠中，到處散落著爆破後層層疊疊的破碎瓦礫。蒼茫的廢墟中寸草不留，就連流浪狗的影子都看不到。遺址周遭完全被板子圍起，板子上還裝設一層類似鐵絲網的保護，不遠處之外也設有看守哨站。但是，我們千里迢迢（其實也沒這麼遠）坐火車搖搖晃晃地熬過丹波這一段路程就為了看看這片遺址，豈有過門不入之理。所以我們還是翻過鐵絲網，踏進王仁三郎[24]的夢想遺跡。一站上山頂，整個龜岡，還有被丹波群山環繞的平原一覽無遺。此時雪勢加劇，廢墟破瓦上開始積雪。這裡值錢的東西爆破前早已被政府沒收，連個影子都不留，如今僅剩山頂上部分裝飾著金線圖案的瓦片、滾落在階梯上與酒桶差不多大小的石像頭部，還有山腰上讓人遙想起服侍王仁三郎的三十多名小妾可能待過的小屋附近，依稀可見過往中庭的光景，在那裡面也散落幾個殘破的石像。總而言之，這裡已經被徹徹底底地摧毀殆盡。

後來我們再度翻越鐵絲網，沿著溝渠來到街上，走進街口的一家茶屋。當我們喝著實在有辱保津川清流之名的當地酒——「保津川」時，一名馬車夫走了進來，同樣也喝起「保津川」。據說，馬車夫是收工後到處收購廢紙，回家途中進來喝一杯。只見他一邊抱怨：「廢紙掙到的錢連一杯酒都買不起，實在沒用。」同時喝光了好幾瓶酒。他似乎想

22 明智光秀（一五二八—一五八二），日本歷史上著名的武將，為戰國大名織田信長的重臣之一。天正十年（一五八二）六月二日，於京都附近的桂川叛變，討伐位於本能寺的織田信長（一五五九年起出仕幕府）及其後繼者織田信忠，逼使兩人先後自殺。

23 創立於一八九二年的新興宗教，二戰前曾遭日本政府兩度鎮壓，主要成員被以「不敬罪」等罪名逮捕。

24 王仁三郎（一八七一—一九八四），創立大本教的兩大教主之一，被尊稱為「聖師」。另一教主為其岳母——出口直子。

向我們攀談卻又害怕，不久後，喝得酩酊大醉才終於向我們開口。「兩位爺是從東京來這兒辦事的嗎？」我們回答：「是啊。」他隨即興奮地行禮五、六次，一邊喃喃自語。聊著聊著才發現，他將我們當作身懷密令來這裡出差的刑警。隱岐穿著筒袖外套頭戴獵帽，一副放蕩不羈的商家公子哥兒模樣，而我則穿著和式棉袍、拄著手杖，下著雪也不穿外套。他看到我們這兩個可疑分子從容不迫地自管制區翻越鐵絲網，基於好奇心尾隨我們來到這裡。聽他這麼一說，我這才想起管制區的警衛似乎也對我們有所忌憚。我們前前後後在廢墟晃了約一個小時，行經看守哨站前時，看向我們的警衛隨即慌張地將頭撇開，假裝沒看到。於是我們索性假扮刑警，問起關於大本教潛伏信徒的問題。馬車夫即便爛醉如泥，臉色頓時轉為蒼白、說話也變得吞吞吐吐。他說，對這方面也不是說完全不知情，只是不記得自己做過什麼壞事，拜託饒了我別再問這些了。簡直像是身處偵訊室中，對我們千拜託萬拜託的。

宇治市的黃檗山萬福寺由隱元禪師創建，據隱元所言，寺院建築的真諦在於莊嚴肅穆，必須融入昇華信眾凡心的形式。他還說，人們能夠藉由共同飲食深化交情，所以飲食至關緊要。無怪乎萬福寺的齋堂（飯廳）蓋得相當講究，那裡的「普茶料理」[25]聞名天下。「以飲食維繫情感」原為支那的一般風俗，或許不是隱元個人的獨創思想。

我雖然對於建築工程學一竅不通，至少也知道，說到寺院建築的特質，首要就是「寺院並非住宅」。寺院中不僅沒有任何暗示日常生活的元素，而且必須專注著眼於如何表現出與世俗相反的生活、非世俗性的思想。也因此，教義完全肯定世俗生活的真宗[26]寺廟，相形之下當然讓人感覺俗不可耐。

然而，真宗寺廟（京都的兩座本願寺）卻直接借用自古以來暗示孤獨思想的寺院建築模式，這麼一來，反而顯得不夠沉穩、俗不可耐。理應庸俗的事物，庸俗倒也無妨，重要的是必須庸俗得有其獨到之處。

京都這地方，到處都是寺院，到處都是名勝古蹟，每走兩、三條街就會走進一間大廟或神社。如果只想在這裡待上一週，與其在出發前決定好目的地，不如隨心所欲地四處漫

---

25 江戶時代初期（明末清初），由福建省福清縣的禪宗僧人隱元隆琦自中國傳入日本的素食料理，與日本本身素食精進料理不同。

26 指淨土真宗，日本佛教派別之一，最特別之處在於僧侶可以娶妻吃肉。

步。途中陸續遇到感覺歷史悠久之處，再選擇吸引自己的地方詢問名稱，深入一遊即可。這是個小小的城市，就算從頭逛到尾也不是什麼了不起的事情。我常像這樣隨意漫步於京都。我從深草到醍醐、小野那裡的小村莊，就連通往山科的山路也都走過；至於市區，因為不管走到哪兒都不用擔心迷路，我還曾從伏見出發，一路走到傍晚撞上北野的天神像才知道心慌。只是當我出門漫步時，不是想要尋求歡樂，就是想要尋求孤獨。對於這樣的散步而言，寺廟的確是比較適當，然而從寺廟所能感受到的，也只比在繁華街道邊走邊閃避車輛稍微沉靜一點罷了。

寺院的建築物本身的確企圖暗示孤獨感，不會讓人聯想到煮飯氣味或孩子老婆，擁有斬斷我們與日常之心、凡心聯繫的意志。然而，不論當初多努力嘗試將觀念具體彰顯於建築物之上，到頭來還是與觀念本身有一大截的落差。

日本的庭園、林泉造景不見得都是仿效自然的吧。據說，那是人們想將南畫[27]等反映出的孤獨思想或精神，實際表現於林泉造景上的結果。像茶室建築（寺院建築也一樣）或林泉造景都是思想的表現，不是模仿自然而是創造自然，而此類創造所面對的用地限制，其實與繪畫所面對的畫布限制是一樣的道理。

只是，當我們在思考大海的孤獨、沙漠的孤獨，又或廣大森林或平原的孤獨時，對照林泉造景的孤獨不免讓人萌生格外彆扭、小巫見大巫之感。

龍安寺的石庭到底想表現什麼，想與什麼觀念連結？雖然陶德對於修學院離宮書院的黑白壁紙讚不絕口，直說壁紙表現出了瀑布的聲音，但是像他這樣辛苦說明只為了擠出一番觀賞的大道理，著實可憐。想來，林泉造景或茶室就如同禪僧悟道，全是建築於禪學假說上的空中樓閣。僧問雲門[28]：如何是佛。雲門云：乾屎橛[29]。又有一說，庭園中放著一顆石頭，那顆石頭既是乾屎橛也是佛。如果覺得那看來像佛就好，要是將乾屎橛看成乾屎橛，那就到此為止。事實上，乾屎橛就只能是乾屎橛的理所當然性，擁有超越禪說論證的說服力。

---

27 日本江戶時代中期之後的畫風、畫派，又稱文人畫。

28 指雲門文偃禪師（八六四—九〇九），唐末五代僧人。俗姓張，浙江嘉興人，禪宗祖師，為雲門宗始祖。傳記可見《景德傳燈錄》卷一九。

29 古人如廁後用來擦拭糞便的小木片，佛家比喻至穢至賤之物。

不論龍安寺的石庭表現出何種的深沉孤獨或禪寂[30]意境，或反映出深遠的禪機都無妨，石頭的配置與何種觀念或思想連結也都不是問題。重點在於，當我們想起浩瀚大海的無限鄉愁或沙漠的壯觀落日，而石庭難以帶給我們同等規模的感動時，不用客氣，直接對石庭視若無睹即可。「不可能將無限汪洋或高原融入庭園之中，」這麼說根本毫無意義。

芭蕉走出了庭園，從大自然之中觀看自家庭園，又繼續在大自然中另闢庭園。他一生不僅熱愛旅行，他的俳句本身也可說是走出了庭園風格，在大自然中另闢庭園。那個庭園之中可能只有一棵米櫧，可能只長著夏草，可能只有岩石以及沁人心靈的蟬鳴。這個庭園並沒有被賦予意涵的石頭或是彎曲的松樹，庭園本身就是直接的風景，同時也是直接的觀念，相形之下遠比龍安寺的石庭美麗動人。話雖如此，光靠一棵米櫧或夏草，想在現實世界中造就完全相同的庭園，根本就是痴人說夢。

所以說，日本自古就對於利用庭園或建築創造「永恆」這件事徹底死心。這並非因為建築物總有一天會被毀於大火中，所以無法持續到「永恆」。建築物會毀於大火中、每個人終將一死，所以虛幻人生猶如泡影，這是《方丈記》[31]的思想；陶德很喜歡《方丈記》，事實上從這裡就可以看出這個人的程度不過爾爾。然而，那種認為「在現實世界中不可能創造出芭蕉庭園」的死心，純粹源自對於人為力量局限的絕望，完全沒將建築物、庭園又或日常工具等因素放在心上，日本追求實質精神生活的人尤其崇尚這種生活態度。因此，大雅堂[32]沒有畫室，良寬[33]也沒必要擁有寺廟。這些人並非擁有「甘於貧困」的生活本領。相反的，他們可以說是在精神生活層面過度欲求、過度豪奢，過得太像個貴族。換言之，畫室或寺廟對他們而言並非沒有意義，只是基於「絕對性事物難求」的立場，抗拒無法達到絕對極致的事物，選擇了「無」為極致的潔癖生活。

---

30 指日本人獨有的美學基礎概念「侘寂」（Wabi-Sabi），其精神源自道家與禪宗，大致可歸納出「古樸」、「沉靜」或「殘缺的圓滿」等核心內涵，相關概念影響日本人美學、史觀以及生活態度等甚鉅。

31 鴨長明所著鎌倉時代文學作品。和吉田兼好的《徒然草》、清少納言的《枕草子》合稱日本三大隨筆。

32 大雅堂（一七二三—一七七六），日本江戶時期的文人畫（南畫）家——池大雅，擁有「大雅堂」在內的多個雅號。

33 量寬（一七五八—一八三一），日本歷史上著名的雲遊禪僧。

茶室的特點向來是「簡樸」，但是這並非「無」為極致精神的產物。對於「無」為極致精神而言，一切刻意付出的用心都是不潔，也是喋喋不休的。不論壁龕營造出多麼自然質樸的氛圍，為此所付出的用心就已經遠遠不及「無」的事物。

對於「無」為極致精神而言，不論是簡樸的茶室或日光的東照宮，全都是同一個「有」的產物，仔細想想也算「一丘之貉」。基於此等精神看來，自然沒有什麼桂離宮單純高尚、東照宮庸俗低下的分別。兩者同樣都給人喋喋不休之感，同樣都是難以符合「精神貴族」永恆觀賞標準的建築。

即便「無」為極致的冷酷批判精神存在，「無」為極致的藝術卻不可能存在。因為，不可能有不存在的藝術。所以基於「無」為極致精神，姑且不論可不可能，總之嘗試回歸有形之美時，企圖無視於茶室性的不自然簡樸，佇立於傾盡人力造就出的豪奢庸俗的極點，看待那最終的成果也是人之常情吧。如果不論簡樸還是豪華的事物都一樣庸俗，那麼比起企圖否定庸俗又不得不庸俗的慘況，坦率承認庸俗的豁達自在反而比較可取。

我從豐臣秀吉[34]身上就看到了這種精神。秀吉這個人，到底擁有何種程度的藝術理解或鑑賞能力呢？他對於本身下令的各種藝術工作，又插手到何種地步呢？秀吉本身並非專業工匠，下令工匠創造出的藝術品理應各具特色，然而那些藝術品都擁有某種一貫的特性。那就是極致的人工化、極致的豪奢，只要符合這個準則者一概來者不拒。如果是蓋城池，就搬來大得不像話的巨石。要整建三十三間堂[35]的圍牆，就要築出圍牆中的巨人；而說到智積院的屏風，秀吉本人坐在巨大屏風前看來宛如花叢中的小猴兒。舉凡種種既非藝術也非糞便，而是一種源自貫徹極致庸俗意志的組織。然而，其中卻蘊含一股讓人難以否定的沉穩、安定感。

34 豐臣秀吉（一五三六—一五九八），日本戰國武將、大名，原為農民家庭出身，後來因事奉織田信長富有才幹而逐漸發跡。當信長於本能寺之變中自殺身亡，秀吉以信長之名為號召在山崎之戰大敗發動叛變的明智光秀，並於織田氏內部鬥爭中勝出，成為信長的實質的接班人。

35 正式名稱是蓮華王院本堂，位在京都東山區的天台宗妙法院境外佛堂。名稱源自其長度，古時一間約為一．八公尺，故江戶年代以前的三十三間堂建物長度約五十九．四公尺。如今建物已拓展至近兩倍長，但仍然稱作三十三間堂。

換言之，他的精神事實上可謂「天下者」。德川家康也曾一統天下，他的精神卻不是天下者。從古至今有許多將軍都曾一統天下，卻唯有秀吉一人具備「天下者」精神。金閣寺或銀閣寺之流，全都是與天下者精神沾不上邊的產物，也可以說是附庸風雅的富豪玩物罷了。

對於秀吉而言，這一切無涉風雅，非關取樂。他的所作所為全都是「非天下之最，不納為己有」的狂妄意志的表徵，其中沒有絲毫猶豫，也沒有半點節制。天下美女皆想納為己有，若有不從甚至能對千利休[36]痛下殺手。為達目的，他可以做出所有類似撒嬌孩子無理取鬧的磨人手段。而且，他實際上也使盡了撒嬌孩子無理取鬧的磨人手段。結果，撒嬌孩子特有的任性不聽話的安定感，置換到天下者的層次中，一以貫之地在他流傳後世的眾多事物中開花結果。只是此等天下者的層次仍僅限於小小的日本，不免讓人遺憾。即便他使盡了撒嬌孩子無理取鬧的磨人手段，卻還是無法事事盡如己意，從中也可窺見天下者的虛無主義。一般而言，極致的華麗往往伴隨著莫名的悲哀，秀吉所留下的足跡也有這樣的味道，有時還讓人摸不著頭緒。三十三間堂的「太閤圍牆」如今殘存極小一部分，是個幾乎沒考慮到與三十三間堂之間的對稱性的作品。若說這道圍牆注重對稱性，又怎會彷彿只顧著以其龐然體型與沉穩氛圍，與周遭景致互別苗頭；原本所謂的「圍牆」，應該是先有內側建築物之後才會成立，唯有這道圍牆獨立自存，完全不將三十三間堂放在眼裡。其獨立自存的剛強與沉穩，甚至凌駕三十三間堂之上。而且，那道完全不顯突兀的龐然巨牆，獨特曲線所散發出的美感同樣在三十三間堂之上。

我到龜岡時，本來想像王仁三郎可能是在現代將秀吉式的撒嬌孩子精神——即便以非常離經叛道的形式——總之就是加以具體化的人，對於他的夢想遺址多少懷抱期待，後來才發現他的層次實在卑微得不像話，只能說是直接與庸俗劃上等號。那是純然的貧乏、寒酸。不用說，當然沒有半點奢華到了極致所散發出的哀愁。

「只要有酒今朝醉，帝王於我為何物，」有人如此吟詠。「吾願為鞋履，紅粉腳下踩，」有人如此歌頌。不論是萬葉詩人、阿那克里翁[37]之輩，不論是支那抑或是波斯，只

---

36 千利休（一五二二—一五九一），日本歷史上著名的商人、茶人，被尊稱為「茶聖」，因觸怒豐臣秀吉而被處死。後世對其觸怒秀吉的原因眾說紛紜，未有定論。

37 阿那克里翁（Anacreon，西元前五二〇—四八五），希臘著名詩人，以飲酒詩與輓歌聞名。

要是有文化之處，必定會有此等詩人以及此等思想。但是，此等思想無聊至極。別說「帝王於我為何物」了，生來就缺乏帝王資質，即便當上帝王，也淨是一群做不了大事的貨色。

鄙俗之人就鄙俗地活著，渺小之人就渺小地活著，他們各自鄙俗、渺小地懷抱悲壯心願，認真生活的姿態讓人回味無窮。藝術亦然。必須認真才行。不是先有寺廟，才有僧侶，而是先有僧侶，才有寺廟。沒有寺廟，良寬依然存在。如果我們需要佛教，那麼僧侶是必要的，寺廟是不必要的。就算京都或奈良的寺廟盡數燒毀，也無法撼動日本傳統一分一毫。就連日本的建築，也不會為之撼動一分一毫。若有必要，再建造新的便是，簡陋棚屋也無所謂。

京都或奈良的各處寺院全都大同小異，我並未留下深刻記憶，反倒是車折神社那些石子的冰冷溫度至今仍殘留在我手中，伏見稻荷大社那庸俗致極、長達一里[38]以上的紅色鳥居隧道仍讓我難以忘懷。雖然看來醜惡，完全稱不上美麗，然而一旦與人們悲壯的心願連結，那種認真有時就能直觸人心。這並非「無」為極致，即便事物存在的樣貌卑微庸俗，卻是不可或缺的。所以，我不想在龍安寺的石庭休息，有時卻想看著嵐山劇場那招搖撞騙的表演，一邊陷入沉思。人，只會眷戀人。不可能有任何藝術，欠缺人的氣息。我們也不會想在無法引發鄉愁的樹木下休息。

我覺得〈檜垣〉是世界一流的文學，卻不想觀賞能劇舞台。因為我真的無法忍受那種已經與我們沒有直接連結的表現或吟唱方式，彷彿只為了至少能淘到一粒金沙似地在台下按捺無聊的情緒。那個舞台由我自己想像，由我自己創造就好。即便那個天才世阿彌能夠歷久彌新，能劇舞台、吟唱方式或表現形式能否歷久彌新卻讓人存疑。古老事物、無趣事物，不是滅亡就是重生，這是天經地義之理。

三、關於家

我這十年來大概都是一個人住。不僅在東京的那個城鎮或這個城鎮是一個人住，在京

38 日本古制的一里約為3.927公里。

都也是，在茨城縣一個叫取手的小鎮也是，小田原也是。不過，這個叫做「家」的地方（房間也好）只有一個人住，總甩不開遺憾的感傷。

平日可能偶爾離開家，到外面去喝喝酒、與女人調調情，有時則是單純從旅行地點回到家。結果，總會感到遺憾。這裡沒有斥責我的母親，也沒有對我發火的老婆，也沒有孩子。我的生活連跟鄰居打招呼都沒必要。明明是這樣的情況，回到家的那一刻，總無法擺脫某種詭異的悲傷與愧疚。

我有時在歸途中，會順道造訪友人的家，那裡完全沒有悲傷或內疚的感覺。所以我通常都會繞到四、五個朋友家叨擾後才回家。一回家，心頭果然還是會湧現那股悲傷與內疚。

所謂的「回家」，還真是不可思議的魔物。只要不「回」，就不會遺憾也不會悲傷。只要一「回」，沒有老婆孩子或母親在家等著，無論如何都擺脫不了遺憾與感傷。在所謂的「回家」當中，肯定潛伏著反噬的魔物。

想要逃脫這樣的遺憾或悲傷，簡單來說就是不要回家，只要持續前進就好。拿破崙也是持續勇往直前，長驅直入俄國都未曾退卻。希特勒同樣也未曾退卻。但即便像他們那樣的偉大天才，應該也無法逃離家。只要有家就一定得回去。我想，他們只要一回家應該像我一樣，難以擺脫那種不可思議的遺憾與悲傷。但是，那些偉大的天才會不會與我不同，是鐵打的？不對，我想如果是鐵打的反而更難以擺脫……我不禁思索，蒼白的鋼鐵人在那孤獨房間中的憂愁。

雖然沒有斥責自己的母親、沒有對自己發火的老婆，一回到家還是會被斥責。人是孤獨的，儘管身處於無須顧慮其他任何人的生活中，也絕對不是自由。我認為，文學就是由此誕生的。

有部叫做《還吾等自由》的電影，似乎是在諷刺機械文明。內容敘述如果每天都是星期天，沒有老闆或員工的階級差別，每天只管釣魚、喝酒、玩樂過生活，那該有多自由又快活。但所謂的「自由」並沒有那麼簡單。就算無須顧慮他人，人也不可能自由。第一，要是每天只有玩樂，當玩樂少了特殊性，就再也不好玩了。有苦才有樂，要是生活中只有樂，就如同整個世界變成只有水的水世界，樂之所以為樂的理由也會全都消失吧。人終將一死，或許正因為有死，才會有喜怒哀樂，要是人永生不死那該會多無聊透頂。因為如此一來，「生」就毫無特殊意義可言了。這部名為《還吾等自由》的電影有多愚蠢，其實無關緊要，姑且不論勒內・克萊爾[39]如何，想到那些被稱為「社會改革家」的人對於自由的認知，兩者之間的差異不過是五十步笑百步。想到這裡，我不由得更加深信文學了。我主張「文學萬能」。因為所謂的「文學」，即便沒有斥責你的母親、沒有對你發火的老婆，只要回家就會被訓斥，文學的起點正是源自這裡。所以我也認為，如果無法信任文學，就等同於無法信任人類。

四、關於美

我三年前曾住在一個名為取手的地方，那是個沿著利根川發展起來的小鎮，除了豬排店和蕎麥麵店外，沒有普通食堂，我每天都吃炸豬排，吃了半年終於完全吃膩了。我當時大概一個月會到東京兩次，總習慣喝得酩酊大醉才回去。鎮上其實也有喝酒的地方，只是不像關東煮店，而是一般酒館，顧客都坐在座榻上喝日本杯酒。這種酒叫「當八」，意思是說一升酒只能斟滿八杯，每杯分量比一合還多[40]，以分量而言感覺比較划算。村裡的百姓常會說：「要不要來杯當八呀。」我當然也很愛喝這種酒，有時候可能一杯十五錢，有時候可能十七錢，酒錢根據進貨價格有所波動，只是從東京來的朋友常常都是皺著眉頭喝這種酒。

從這個小鎮到上野只要五十六分鐘，不過要越過利根川、江戶川還有荒川三條大河，其中一條河岸旁就是小菅監獄。坐在疾駛而過的電車上，能夠眺望這座具有現代風格的建築。看守所外圍聳立著水泥高牆，十字形的牢房彷彿伸出威風凜凜的翅膀向外延伸，十字的正中心交叉點有座比大工廠的煙囪還高、呈不規則形狀的監視塔拔地而起。

當然，這座龐大的建築物沒有任何一處美麗的裝飾，不論從任何角度看就是一座監獄，整體構造除了監獄之外不做他想。然而，很不可思議地，它就是會吸引我持續遙望。這並不是因為建築物與監獄的觀念相互連結，其中散發出的威嚴震懾了我的心，反倒是某種類似懷念的情緒。換言之，有某種美感吸引著我。就連利根川的風景或手賀沼都不

---

39 勒內．克萊爾（René Clair，一八九八—一九八一），法國名導，代表作包括《百萬法郎》（*Le Million*）以及文中所提及的《還吾等自由》（*À Nous la Liberté*）。

40 一升約1.8039公升，一合約為0.18039公升。

如這座監獄吸引我。所以我經常想，這座監獄真的美嗎？

另外還有一個類似的經驗，至今仍鮮明殘留腦海。

那已經是十幾年前的往事了。我當時還是個學生，連酒都不喝，與朋友一起創辦同人雜誌，由於大家也不喝酒，於是常邊散步邊持續熱烈討論五、六個小時之久，就這樣隨性所致地踏遍各處街道。有時走到深夜，即便不是深夜也常遭到警官盤查。那是個左翼活動蓬勃的時代，所以總會被徹底盤問到枝微末節的小事。說起來，好幾個人深夜聚在一起走動又不喝酒，反而顯得更可疑。我後來會整個人轉性，變成一個貪杯之徒，與這段往事應該不無關係。

我常從銀座走到築地，搭渡船到佃島去。這裡的渡船整夜行駛，不用擔心回不去。在佃島那條約一間寬的漆黑窄巷的兩側，林立著叫「佃茂」或「佃一」的店家，或許是賣佃煮[41]的才如此取名。島上就像個漁村，一走下渡船，突然會有種來到遠地旅行的感覺，很難想像河的另一邊就是銀座。我很喜歡這種旅行的感覺，另外一個原因是，在聖路加醫院附近有間乾冰工廠，我有一個辦雜誌的同好在那裡工作，跑到這裡來的機會自然也較多。

話說那間乾冰工廠，同樣也是莫名地吸引著我。

那是在工業區到處可見的普通建築物，其中有類似起重機還有類似軌道的東西，左右兩邊都是水泥，頭頂高空還有從倉庫延伸出來、類似高架軌道的設施，這裡同樣也沒有任何需要考慮到美感的事物，完全是必要的設備組合成的一棟建築物。在一片街道房舍中看到這座工廠，會覺得魁偉、罕見，同時深深感受到某種超群之美。

聖路加醫院是一棟氣派的龐大建築，相形之下乾冰工廠顯得嬌小許多，整體結構脆弱，然而儘管如此，與這座工廠密實的質量感相較，聖路加醫院卻宛如孩子做的手工藝品般微不足道。而這座工廠具有直觸人心底，連結遙遠鄉愁的廣闊之美。

我曾不經意地思索小菅監獄與乾冰工廠之間的關聯性，除了想到兩者都擁有激發鄉愁的魁偉美感之外，其他的倒也沒有刻意繼續深究。這兩者與法隆寺或平等院的美截然不同，而且法隆寺或平等院只要考慮到古代或歷史等因素，大概就能體會到一種不得不讓人信服的美感。但那種美並非直接衝擊人心、沁入肝腸的美。你必須填補其中的不足，才能

41 日本傳統家常菜，源自佃島漁民以醬油、砂糖等調味料烹煮海味，藉此延長保存期限的習慣。如今「佃煮」的烹調食材已不再限於海味。

坦率信服。小菅監獄與乾冰工廠卻擁有一種更為直接，完全無須填補，頓時將我的心引導至鄉愁的力量。為什麼呢？我當時並未對此多加思索。

有一年初春，我到位於某半島尖端的港都旅行，看到小小的港灣中停泊著我們帝國的無敵驅逐艦。那艘讓人感覺有些謙虛的小小軍艦，我卻在第一眼就被它的美所深深撼動。我在岸邊休息，貪婪地凝視那漂浮在水面上的謙虛鐵塊，小菅監獄、乾冰工廠與軍艦三者合而為一，我突然頓悟了這種美感的真實樣貌。

這三者為何如此美麗？因為這三者身上，完全沒有為了美麗而加工的美。沒有任何一根基於美的觀點所添加的鋼鐵，也沒有任何一根基於不美的理由而移除的鋼鐵。只有必要的物件，放在必要的地方，而不需要物品全被移除，只有順應必要要求所成就的獨特形貌。那是形似本身不形似其他任何物體的形貌。正因為基於需要，梁柱才會恣意歪斜、鋼鐵才會鋪蓋得凹凹凸凸、軌道才會突兀地從頭頂延伸而出。這一切的一切全是基於必要，其他任何舊有觀念都不可能有力量足以阻擋此等必要的必然生成。因此，才得以成就這不形似其他任何物體的三者。

我從事的文學工作與這三者完全相同。沒有任何一行文字是為了看來美麗而寫。在特別意識到美的刻意情況下，無法創造出真正的「美」。無論如何都要寫、必須寫，就只是順應某種必然的必要，順勢寫完罷了。那只是「必要」，不論是一篇、兩篇還是一百篇，始終只是「必要」。而在這匯集「必然實質」之處的獨特型態，也創造出了「美」。即便徹底摒除實質需求，基於美感或詩意的觀點立起一根柱子，也只會淪為微不足道的人工藝品。這是散文的精神，也是小說的真實樣貌，同時也是所有藝術的康莊大道。

問題在於你想寫的，是真有必要寫的嗎？你不惜付出生命，也想表現出來的，真是你的寶石嗎？那能不能順應必要，透過你自己的獨特手法，去除不需要的部分，真實且適切地表現出來？

歐文斯跑百米的美感與二流選手動作之間的差異，就在於前者是順應必要、完全動作的美感，而後者展現的則是難以完全順應必要的不流暢感。當我還是國中生的時候，百米田徑選手被嚴苛要求必須纖瘦、輕盈，雙腳修長，體態苗條。發福的壯漢只會被分派到投擲項目，總能看到他們在操場一角拿著鉛球或揮舞鏈球練習。直到帕多克或辛普森造訪日本的那段時期，都還是這種情況。到了梅特卡夫與托蘭等人出現，短跑的相關觀念才逐漸改變，沉重的身體加速度被視為最後的有利條件，身材苗條的選手隨之被轉派到中跑項目。我曾到羽田機場去看日本的戰利品E-16型戰鬥機，才看到戰機從左邊現身，同時就已經飛到右邊，真是讓人驚嘆的速度。日本的戰機首重戰鬥力，其次才是速度，所以在速度方面難以與之比擬。E-16機體短，看來矮胖，擁有沉甸甸的重量感，完美符合近代百米選手的體格條件。這種戰機與「修長纖細」完全沾不上邊，機體形狀看來是徹頭徹尾的不稱頭，但那重量的加速度切風而過，所表現出的疾速美感，卻是修長纖細的客機等所望塵莫及的。

光憑表面的修長纖細無法成就真正的美感。這全都是實質的問題。為了美而創造出的美，沒有真誠可言，說到底就是虛假的。簡言之，就是空虛的。而空虛事物絕無法如同真實事物一般打動人心，不過就是可有可無、無關緊要的東西罷了。即便法隆寺或平等院被徹底燒毀也沒什麼好煩惱的。若有需要，剷平法隆寺改建停車場也無妨。因為我們民族的光輝文化或傳統，絕不會因此滅亡。儘管武藏野[42]的寧靜落日如今已不復見，夕陽仍從層層疊疊的簡陋棚屋屋頂後方落下，空氣中的塵埃讓晴天看來如同陰天，閃耀的霓虹燈取代了月夜景致。只要我們的實際生活已將靈魂紮根於此，那麼這一切不是美感，又是什麼呢？看看吧，飛機遨翔於天際、鋼鐵航行於海洋、電車轟隆隆地行駛過高架鐵軌。只要我們的生活健康，就算模仿西式簡陋棚屋還洋洋自得，我們的文化還是健康的。只要有需要，就將公園剷平改成菜園吧。如果真有需要，其中必定也能孕育出真實的美感。因為，那之中存在著真實的生活。只要我們真實地生活，就無須因為東施效顰而感到羞愧。只要真實地生活，東施效顰也擁有與獨創同等的優越性。

42 日本關東某區域名稱，古時以美麗景致著稱，自古以來常是文學歌頌的對象或藝術或工藝品的創作題材。

4
墮落論

短短半年光景，世道不復以往。想當初「鄙人可為天皇之盾、出征殺敵。願死於皇側、義無反顧」[1]。彼時青年們欲殉死沙場，然而戰後有些人倖免於難，以黑市交易營生。「小女不求長命百歲，惟願有朝一日得與天皇之盾共結連理。」當初懷抱堅定心情揮別男子的女子，守寡不到半年，叩拜起夫君牌位已流於形式；再過不了多久，她們內心恐怕就會住進另一名男子的身影。這並不是說人變了。人本來就是這個樣子，變的只是世道表象罷了。

昔日，幕府無視刀下留人之請，執意處死四十七浪士，[2]理由之一似乎是幕府的一番苦心，如果釋放他們，若其中有人做了壞事，反而導致難得的忠義美名蒙羞。現代法律並不存在此等情義，然而一般人內心似乎都有「希望美麗的事物在美麗的當下劃下句點」的強烈傾向。十幾年前在大磯某處，有個學生和女孩雙雙殉情，希望以處子之身了結愛的一生，引發當時社會廣泛同情。我有個十分親近的姪女，數年前也在二十一歲時自殺身亡。

---

1 出自日本現存最早詩歌總集《萬葉集》，後被改編成戰時軍歌傳唱。

2 又稱「赤穗浪士」。此處指十八世紀赤穗藩士大石良雄等人為主公手刃仇敵、遭幕府處死的歷史。

我本身覺得，幸好她在花樣年華的時候死去。因為她生前雖然看來清純可人，卻散發出可能走上歧路的徵兆，讓周遭旁人惴惴不安，深怕她會一頭栽進地獄。當時，甚至無法想像她的一生將會如何走過。

在這場戰爭中，文人被禁止撰寫遺孀的愛情故事。這或許是因為軍方政治人物認為不能引誘戰時的墮落，希望她們能如修道者般渡過餘生。軍人對於敗德惡行的理解相當敏感，不可能不知道女人心有多麼善變，正因為知之甚深，才會祭出如此禁令。

自古以來，日本武人被視為不懂女人心，這其實是膚淺之見。他們構思出千萬條所謂「武士道」的粗俗法則，其中的核心意義就在於防堵人性弱點。

武士為了報仇，儘管踏遍天涯海角、沿路乞討，也要追蹤仇人足跡。只不過，他們真是內心懷抱復仇烈火，鍥而不捨地追蹤仇敵足跡的忠臣孝子嗎？其實，他們滿腦子就只有報仇法則，以及遵守法則被賦予的榮譽。日本人原是憎恨之心最薄弱，即便心生憎恨也不會持久的民族。「昨日之敵可為今日之友」的樂天性格，才是日本人毫無虛假的真實情感。對於日本人而言，與昨日之敵妥協，甚至肝膽相照可謂稀鬆平常。正因彼此曾是仇敵，更能肝膽相照。甚至可能突然侍奉二主，歸降於昨日仇敵。對於日本人而言，如果沒有「不可淪為俘虜，苟活受辱」的規範，就不可能迫使日本人奮戰到底。所以雖然我們遵從規範，但我們的真實情感卻背道而馳。

翻開日本戰爭史，與其說是武士道的戰爭史，不如說是權謀術數的戰爭史；與其苦等歷史明證，不如凝視自我本心，如此一來或許更能理解潛藏於歷史中的弔詭機關。正如今日的軍人政治人物禁止撰寫愛情故事，過往武人也必須憑藉武士道，防堵本身或部屬的人性弱點。

小林秀雄[3]稱政治人物為「毫無獨創性、只會管理統治的人種」，事實上似乎並非全然如此。政治人物多如上述，但仍有少數天才能夠針對管理或統治方法發揮獨創性，被庸俗的政治人物奉為規範，進而形塑出貫穿各年代、各政治體制的歷史樣貌，彰顯源頭生者的強大意志。就政治層面而言，歷史並非連結個體，而是吞沒個體後誕生的另一個龐然巨物。政治在歷史這樣的載體中，也正持續發揮強大的獨創性。這場戰爭的始作俑者是

---

3 小林秀雄（一九〇二─一九八三），日本著名作家、文藝評論家。

誰？是東條[4]還是軍方？的確是他們沒錯。但同時也是那個滲透日本的龐然巨物，那股讓人無可奈何的歷史意志。日本人在歷史面前只是個順服命運的孩子。即使政治人物本身平庸不突出，政治在歷史的樣貌中仍能擁有獨創性、企圖心，以永不止息的步調，如海浪般持續前進。武士道是誰構思出來的呢？這或許也是歷史的獨創，又或是種敏銳嗅覺。歷史總能嗅出人性。武士道針對人性或本能設下禁止條款，可說是不人道或違反人性的產物。然而，武士道同時也是因洞察人性或本能而生。就這一點而言，也可說是純然的人性化產物。

我認為，「天皇制」也是極度日本式（因此或可稱獨創式）的政治作品。天皇制並非天皇所制訂。天皇本身過去曾偶不時地策劃某些陰謀，但平時基本上毫無作為。即便那些陰謀從未成功，甚至導致天皇可能被流放離島或逃往深山，最終卻總能因某些政治理由而獲得承認。即便天皇遭社會遺忘，也會有政治力量幫忙抬轎，而其存在的政治理由就是源自政治人物的嗅覺。因為他們早已看透日本人的本質傾向，並從中發現天皇制的存在必要。這樣的天皇制，其實並非天皇一族不可，若能加以取代，不論是孔子、釋迦摩尼又或列寧一族都無所謂。只不過到目前為止還無法取代罷了。

至少，日本的政治人物（貴族與武士）嗅到，為確保本身永恆的榮華富貴（當然那不可能是永恆，所謂的「永恆」只是他們的白日夢），絕對君主制是不可或缺的必要手段。平安時代（七九四—一一八五）的藤原氏[5]，自作主張擁立天皇，同時卻不曾質疑自己位居天皇下位的事實，也不覺得有任何不便。他們利用天皇的存在處理藩領政爭內訌，弟弟壓制兄長、兄長扳倒父親。他們都是本能性的實利主義者，明明只在乎一生能否順遂快活，卻偏愛盛大朝儀、敬拜天皇的奇妙形式，藉此獲得滿足。那是因為敬拜天皇等同宣示本身權威，也是一種感受自我權威的手段。

這對我們而言，其實是相當荒謬可笑的。對於每當電車彎過靖國神社[6]下方就不得不

4 指東條英機（一八八四—一九四八），為日本軍國主義代表人物，被視為發動第二次世界大戰的禍首之一。曾任陸軍大臣與首相，後以甲級戰犯的身分被處以絞刑。

5 日本古時一個貴族的姓氏，曾於平安朝長期把持朝政。著名的《源氏物語》作者紫式部便是藤原氏的成員。

6 位於東京的一座神社，自明治維新後開始供奉日本戰歿軍人，後因供奉二戰戰犯而被曾遭日本侵略或殖民的國家視為軍國主義的象徵。

低頭致意的荒謬感，我們無言以對，可是對某些人而言，這是他們得以感受本身存在的唯一方式。而我們在嘲笑靖國神社的荒謬性的同時，也在做其他荒謬可笑的事情。我們只是對於本身的荒謬可笑渾然無所覺罷了。當年，宮本武藏趕往一乘寺下松的決鬥場地時，行經八幡大神前不由自主地想請求神明庇佑，後來卻打消念頭、不願倚靠神佛之力。武藏的教訓說明源自我們自身的本質傾向，以及讓我們悔恨不已的事實——那就是我們常會自發性地膜拜荒謬可笑的事物，只是對此渾然無所覺。假道學的老師之所以會先在講台上崇敬地高舉書籍，或許也是因為此舉能讓他們感受到本身的權威，或甚至是本身的存在。而我們每個人也都在做類似的事情。

像日本這種鎮日汲汲營營於權謀術數的民族，不論是為了權謀術數又或為了大義名分，天皇都是必要制度。即使不是每個政治人物都覺得有必要，然而基於歷史的嗅覺氛圍，不論是否感受到那樣的必要性，他們也都不曾懷疑自己所處的現實環境。豐臣秀吉於聚樂邸迎接天皇出巡時，曾因盛大華美的典禮感動落淚，因為他藉由當下情境感受本身威嚴的同時，也在那裡目睹宇宙之神。這是秀吉的例子，其他政治人物可能無法一概而論，不過就算權謀術數是惡魔的手段，惡魔如同幼童般崇拜神祉也絕非不可思議。因為任何形式的矛盾都可能存在。

簡而言之，所謂的「天皇制」與「武士道」都屬於同類制度，舉凡以「烈女不嫁二夫」禁止「女人心易變」的天性是不人道、違反人性的，然而就洞察真理的層面而言，此舉也可說非常符合人性。同樣的，天皇制本身並非真理也不自然，卻是歷史性的發現與洞察後的產物，就此層面而言，實則存在著無法輕易否定的深刻意義，難以單憑表面真理或自然法則加以割捨。

希望美麗絕倫的事物在美麗的當下劃下句點，這是渺小的人之常情。以我的姪女為例，我或許該期望姪女別自殺，然後墮落地獄、徘徊在黑暗的曠野中。我現在要求自己的文學之路正如一條行經曠野的流浪之路，即便如此，也斷無抹煞「希望美麗事物在美麗的當下劃下句點」的渺小願望之理。未盡之美不是美。或許，唯有在理應墜落的地獄歷經磨難的淪落本身也可能是種美時，才可能稱之為美。話雖如此，難不成我們要刻意以看待六十歲老醜姿態的觀點，看待一位二十歲的處女？這我可無法理解。我還是偏愛二十歲的美女。

俗話說一死百了，然而一死是否就真能百了？有人認為日本戰敗，最可憐的莫過於戰歿英靈，我對於這種想法也無法坦率認同。可是，當我一想到那些年過六十仍貪戀餘生的將軍被押到法庭上受審時，就會不禁思考人生的魅力何在。我對此毫無頭緒，但總忍不住想像自己要是那些六旬將軍，恐怕同樣也會貪戀餘生，情願被押上法庭。因此，對於「生」這種奇妙的力量，我只有無限的茫然。我個人偏愛雙十美女，老將軍是否也偏愛雙十美女呢？覺得戰歿英靈很可憐，或許也是基於他們可能偏愛雙十美女的觀點嗎？如果「生」的樣貌如此明確，我也可以安心，甚至從此秉持追求雙十美女的信念，但事實不然，「生」是更難以理解的一件事。

我很討厭見血。有一次，車子在我面前撞車，我掉頭就跑。儘管如此，我仍鍾情偉大的破壞。我雖然很怕炸彈或燒夷彈，內心卻因那狂暴的破壞力湧現強烈亢奮；不僅如此，當下對於人類的眷戀甚至比任何時候都要來得強烈。

戰時曾有好幾個人數度勸我疏散逃難，還要提供鄉下房舍讓我入住。我逐一婉拒他們的好意，堅持留守東京，打算以大井廣介曾遭火舌肆虐的防空壕為最後據點。當我揮別準備疏散到九州去的大井廣介時，也意味著我將失去東京所有的朋友。我想像美軍後來終於登陸，而我遭受來自四面八方的重砲轟炸，躲在防空壕屏息以待的情景，心境上卻對此等命運甘之如飴、做好了準備。我當時知道自己可能會死，不過想必更確信自己能夠存活。至於從斷垣殘壁中倖存後，對未來有何抱負？當時的我除了活下去之外，根本沒有其他任何打算。邁向那無法預測的新世界，在新世界中不可思議的重生。對於重生的好奇心是我這輩子最新鮮的感受，而獲得這種奇異新鮮感的代價就是必須拚死留在東京。在那當下，我充其量不過是被這種奇妙的咒語附身罷了。話是這麼說，事到臨頭我卻表現得怯懦膽小。昭和二十年（一九四五）四月四日這一天，我首度體驗來自四面八方連續兩小時的轟炸，頭頂的照明彈將天空照亮得猶如白晝。當時剛好到東京來的二哥從防空壕中問我：「是不是燒夷彈？」我想回答：「不是，掉下來的是照明彈。」卻發現自己要是腹部不使點力，就完全無法出聲。我當時也是日本映畫社的約聘人員，在銀座遭轟炸後，隨即在銀座的日影大樓屋頂目睹機隊來襲。那棟五層樓建築物樓頂還有個高塔，我們在高塔上架設了三台攝影機。空襲警報一旦發布，路上、窗邊、頂樓，整個銀座的人隨即消失無蹤，就連屋頂上的高射砲陣地也移防至軍事掩蔽壕中，看不到半個人影。只剩下留在日影大樓屋頂，暴露於天地間約莫十來人的一小撮人影。石川島首先遭燒夷彈密集攻擊，下一組機隊隨即往頭頂飛來。我發現自己雙腳癱軟無力。看到攝影師叼著菸，一邊以幾乎令人憎惡的從容態度將攝影機對向機隊，讓我驚嘆不已。

儘管如此，我仍鍾愛偉大的破壞。人類臣服命運的姿態就是散發出一種詭異的美感。那幅景象很不真實，麴町所有豪宅被夷為平地，如今只見餘燼四處悶燒。一對高雅的父女隔著僅剩的紅色皮箱，在防空壕旁的綠草地上相對而坐。若非一旁還有餘燼悶燒的茫茫廢墟，看來完全就是一幅和樂融融的野餐情景。而在同樣被夷為平地、只剩餘燼悶燒的道玄坂這邊，坡道中段有具看來似乎不像是被砲彈擊中，反而像被車輛碾斃的屍體，上頭蓋著一片白鐵皮。屍體一旁佇立著手持刺刀槍的軍隊。離去的人們、歸來的人們，還有劫後餘生的人們，那蜿蜒的人流宛如麻木的河流，繞過屍體後再度匯流，其中沒人察覺路上的鮮血，縱使有人偶然察覺，也僅僅流露出彷彿看到紙屑被扔在地上一般的冷漠表情。美國人曾說，日本人在終戰後完全虛脫、茫然自失。但甫經歷轟炸的倖存者的前進隊伍，感覺上卻與「完全虛脫」或「茫然自失」截然不同，那是一種擁有驚人充實感與重量的麻木，他們是坦率臣服於命運的孩子。那時候，露出笑容的常是十五、六歲或十六、七歲的女孩。女孩的笑容爽朗，時而翻攪劫後灰燼，將挖出的陶瓷器放進燒焦的水桶中，時而守著所剩無幾的行李，在路上曬著太陽。是因為這年紀的女孩對未來還懷抱無限夢想，所以面對眼前現實不以為苦？又或是她們強烈的虛榮心所致呢？我的樂趣就是在那片慘遭烈火肆虐的原野中，尋找女孩的笑容。

在那偉大的破壞之下只存在命運，沒有墮落，雖然麻木卻充實。穿越重重烈火總算逃脫的倖存者，正聚在陷入火海的房子旁取暖驅寒，短短一公尺之外卻有人拚了命地滅火，截然不同的兩個世界就這麼並存於同一個時空。偉大的破壞，還有那讓人驚嘆的愛情。相形之下，人們在戰敗後的表情，就只是墮落而已。

只是，我也覺得與墮落的驚人平凡性以及平凡的當然性相比，存在於駭人的偉大破壞之中的愛情，或臣服於命運的人們的淒美，全都像是泡沫般的空虛幻影。

德川幕府當初的想法是希望藉由處死四十七浪士，永保他們的義士形象，儘管此舉防止了四十七浪士的墮落，卻無法阻止人類本身持續淪落，從義士最終淪為凡夫俗子甚至墮落地獄；儘管制訂「烈女不嫁二夫、忠臣不事二主」的規範，仍防不了人類的淪落。縱使成功殺害處女、永保其貞潔，每當察覺到墮落那平凡的腳步、猶如波浪襲岸般如此自然的腳步，更深刻顯示人為的卑劣、以人為保持處女純潔的卑劣，就像泡沫，是種空虛幻影。

特攻隊的勇士只是幻影，真正人類的歷史不正是從他們幹起黑市勾當才展開的嗎？

必須過得像修道士也只是幻影，真正人類的歷史不正是從她們內心住進新歡才展開的嗎？甚或者，天皇也不過是幻影而已，或許當天皇變成一介凡夫時，真實的天皇歷史才會隨之展開。

人類本身，正如所謂「歷史」的生物，同樣龐大得驚人。所謂的「生」其實才是唯一的不可思議。六、七十歲的將軍沒有切腹自殺，被一起押上法庭，還真是終戰後才看得到的壯觀人類圖。雖然日本戰敗、武士道滅亡，人類卻因此得以從「墮落」的真實母體中誕生。就這麼活著吧、墮落下去吧，除了這樣的正當程序，還有什麼快速的捷徑能夠真正拯救人類呢？我不喜好切腹這種死法。古時有個老奸巨猾的老狐狸叫做松永彈正[7]，他被信長[8]逼到走投無路死守城池，城池失守時不得不以死謝罪。就在死前不久，這個人還一如往常地進行針灸以求延年益壽，然後才持槍打碎自己的臉而死。他死時七十多歲，死前是個肆無忌憚公然與女人調情、為人處事毫無分寸之人。我很認同這個男人的死法，但我不喜歡切腹。

戰時，我在驚恐戰慄之餘，卻癡迷地凝視著那段時間的美麗。我當時根本不需要思考，因為那時完全只有美麗的事物，沒有人的存在。事實上，連小偷都沒有。大家都說東京近來很灰暗，其實東京在戰時才是真正的黑暗，相對的，深夜無須擔心有人半路打劫，可以放心地走在漆黑的夜裡，就寢時也能夜不閉戶。戰時的日本就像不可能存在的理想國，唯有到處充斥著空虛美感。那並非人類真實的美感。如果我們能忘卻思考，或許再也沒有如此輕鬆、壯觀的景致了。即便懷抱著對於炸彈的無限恐懼，只要不思考，人就能永遠這麼輕鬆，只管癡迷凝視即可。我曾是那一個笨蛋，天真無邪地與戰爭嬉鬧著。

終戰後，我們被賦予了所有自由，然而當人們獲得所有自由時，反而會察覺自由令人費解的限制，以及自由所帶來的不自由。人是不可能永遠自由的。因為人有生，也必定有死，而且人會思考。政治上的改革可能在一天之內實行，人的變化可不是這麼一回事。自

---

7 指松永久秀（一五一〇—一五七七），日本戰國時期大和國大名，通稱松永彈正。一五六八年，松永久秀臣服於織田信長，但數次發動叛亂，最終於一五七七年在信貴山城之戰戰敗後，自殺身亡。

8 指織田信長（一五三四—一五八二），安土桃山時代初期勢力最強大的戰國大名。在一五六八至一五八二年間，實際掌握日本政治局勢，推翻了名義上統治日本逾兩百年的室町幕府。與豐臣秀吉、德川家康並稱戰國三傑。

遠古希臘被發掘並邁出確立的第一步，人性今天又呈現出何種變化呢？

不論戰爭會帶來多麼駭人的破壞與命運，對於人類本身其實無法造成任何實質影響。戰爭已經結束。特攻隊的勇士已經淪入黑市營生，已經為了另一個愛慕對象而重新燃起希望，不是嗎？人並沒有改變，只是回歸人性罷了。人就是會墮落，不論義士或聖女都會墮落。這不但防堵不了，防堵也無法拯救人類。人會活下去，人會墮落下去。除此之外，沒有任何快速的捷徑能夠拯救人類。

我們不是因為戰敗而墮落。因為是人所以墮落，因為活著所以墮落，僅此而已。不過，人或許也無法承受永無止境的持續墮落。畢竟我們沒有一顆鋼鐵般的心去面對苦難。人就是如此可憐脆弱，因此才會如此愚蠢，軟弱到難以承受永無止境的持續墮落。到頭來，人只好殺害處女，只好編造出武士道，只好抬出天皇。只是，真要殺死自己內心的處女，而非殺死他人，真要編造出屬於自己的武士道、屬於自己的天皇，人必須正確地貫徹這條墮落之路。而日本，或許如所有人一樣也需要墮落。我們必須藉由貫徹墮落之路，發現自我，獲得救贖。那些什麼政治上的救贖，全都膚淺之至、愚昧至極。

5 天皇小論

大家都說「日本承蒙天皇解救，才得以脫離終戰的混亂」。但這是個謊言。日本人即便內心厭惡某事，若沒有一個順理成章的大義名分，就不會說出口。基於這層意義，所謂的「大義名分」，長久以來持續被利用至今，而在本次戰爭中說什麼天皇促成大家放下屠刀，也只是狡猾的表面藉口罷了。每個人內心其實都期盼戰火無論如何能順利平息，政治人物只是利用了這樣的藉口，而人民也順勢利用了這樣的藉口罷了。

自古殘存的封建式虛偽仍深植於日本人的生活，採取行動去質疑或否定舊有所有權威至關緊要，本次敗戰原本是個大好時機，然而這種單純的欺瞞卻在下意識中被繼續延續，社會主義政黨甚至為了選舉戰略考量，利用這種情況，高聲疾呼支持天皇制。日本的悲劇、文化的貧乏，莫此為甚。

為了從日本理性中摒除封建式虛偽，絕對有必要讓天皇回歸純粹的天皇家，歷代的皇室陵寢或三神器[1]等，這一切也都絕對必須接受科學檢驗，去除神格。對日本歷史的發展

1　日本創世神話中傳說，天皇始祖天照大神授予八咫鏡、草薙劍、八尺瓊勾玉等三神器，在天皇家族中代代相傳，也是天皇神格的重要象徵。

而言，讓天皇以人的身分在科學面前公平接受檢驗實屬不可或缺。若天皇在科學面前成為一個赤裸裸的人類，而日本人的生活仍需要天皇制的話，那就順應這樣的需求制訂天皇制度。人格化天皇的存廢問題當然會引發正反兩端不同的爭論，但是這個問題不應該只淪為單純政治化討論。我認為除了必須讓天皇以赤裸裸的人類之姿面對科學檢驗，還必須回歸宗教深度，藉此深入檢證。

我們不能將神從人的生活抽離。如果連人類的此等立場都加以否定，政治等同已死。日本與天皇的關係能否牽扯到神的問題，今後還必須深入探討，然而我深信，對於目前的日本而言，先讓天皇回歸純粹的人類是絕對必要的。

6
續墮落論

大家都說戰敗後國民道德淪喪，所以樂見的理想做法就是回復戰前「健全的道德」。我對此可無法苟同。

我從小生長的新潟市是個石油產地，因此也是石油暴發戶的產地。據說有個叫做中野貫一的暴發戶，致富後依然克勤克儉，他覺得從停車場直接搭人力車太貴，會特地走到一座名叫「萬代橋」的橋邊去攔便宜的人力車。小學聽校長訓示時，這個故事都不知道聽過多少次了。不過，我從前幾天來自故鄉的人口中得知，這段逸聞的主角如今變成另一個叫做新津的石油暴發戶，現在已成為新潟市民的日常教誨與生活規範。

一個百萬富翁將五十錢的車資省到三十錢算是美德嗎？是我等應奉為日常規臬的生活嗎？問題並不在於這個故事本身，而在於貫穿這個故事底層的精神，還有生活的應有樣貌。

戰時，我擔任日本映畫社的特約人員，那時有另一位特約O先生，同時也是新聞聯合的理事還是什麼的，平常看來氣勢十足，論事說理總是頭頭是道，曾說什麼吉川英治[1]與佐藤紅綠[2]都是日本偉大的文學家。這位大人物在一次開會時，發表意見說：「來拍一部這樣的電影如何？」那部電影想將農夫長滿繭的粗糙雙手、拼湊布料縫製出來的和服等事物，拍成像是融合父傳子、子傳孫的刻苦耐勞精神的象徵，因為日本文化必須是農村文化，農村文化轉化成都會文化是日本的墮落，也是今日的悲劇。

這番話在會議中引發熱烈迴響，專務（實質上的社長）等高層也大為感佩，回頭望著我說：「你能不能用這個概念寫出一個劇本？」我費了好大一番功夫才婉拒了這項請託。這件事不是偶然發生在會議上的戰時惡夢。戰時，社會上持續大力倡導「回歸農村文化」、「回歸農村之魂」，那雖是一時的流行思想，卻也是日本大眾的精神。

大家都異口同聲說「農村文化」，但是說到底，農村真有文化嗎？或許是什麼盂蘭盆會舞、祭典風俗，又或是什麼刻苦精神或本能性的儲蓄精神吧。然而，文化的本質在於進步，農村卻與進步八竿子打不著。農村只有排他精神，對他人不信任的多疑靈魂，唯有對得失的執拗算計最為發達。「農村純樸」這樣奇妙的形容，長久以來在無人反思的情況下廣為流傳，但是農村打從成立之初就根本不具任何「純樸」的性格。

自大化革新[3]以來，所謂的「農村精神」就是不屈不撓地研究如何逃稅的精神。成為流浪漢逃稅、謊報戶籍逃稅，而那些農民每個人歷經堅毅苦戰所堅持的微小逃稅行為，事實上卻成為日本經濟的問題所在，莊園因此興起、繁榮，莊園也因此衰退，貴族敗亡後武士取而代之。正因為農民與稅制的對抗、不屈不撓的逃稅行為，日本政治才產生動盪，朝代更迭。「只要見到陌生人，一律將其視為小偷」，這是王朝時期（七一〇—一一八五）的農村精神，這些人事實上是在盜匪橫行、領主倒台的困境中也能抓住什麼奮力再起的專家，所以對他人的不信任與排他精神都曾是農村之魂。他們這群人總是被動，不說「自己想要什麼」，也不能說。相對的，他們卻以自身獨特的狡猾，處理強加諸於身上的事物，而那被動的狡猾長久以來便孜孜矻矻地推動起日本歷史。

日本的農村如今還是奈良王朝的農村。時至今日，各處農村還是能看到相似的民事判例，例如每次默默移動作為界線的農地田埂三寸、五寸，背叛鄰居；在沒有契約的情況下

1 吉川英治（一八九二—一九六二），小說家。本名吉川英次，生於神奈川縣。主要創作歷史小說，從一九三五年開始連載的代表作《宮本武藏》獲得大眾好評，有「日本國民作家」的美譽。

2 佐藤紅綠（一八七四—一九四九），本名洽六。日本大眾兒童文學代表作家之一。

3 日本飛鳥時代（五九二—七一〇）所發生的政治改革，日本因此從豪族掌權的國家轉變成以天皇為首的中央集權國家。

不歸還租借田地，背叛摯友。他們這不是執拗地持續背叛親朋好友嗎？在得失的利害算計的基礎上，根本就無法從農村精神中找到對於更崇高精神的渴望、自我的內省，以及其他發現。在毫無其他發現之處，不可能存在真實的文化。在毫無自我省察之處，不可能存在文化。

據說農村的美德是刻苦耐勞。忍受貧乏的精神，怎麼會是美德？所謂「需求為發明之母」，因為無法忍受貧乏與不便，有需求時才會出現發明、出現文化，逐漸催生出所謂的「進步」。日本的軍隊向來以刻苦耐勞，不渴求方便的機械，足以承受肉體的嚴苛操練而為人所稱頌，軍隊使用的武器卻因此無法進步，正因欠缺根本的戰鬥基礎，才會面對今日慘不忍睹的大敗。不只是軍隊，日本精神本身就是刻苦耐勞的精神，不追求變化，不追求進步，總是憧憬讚揚過往種種，當進步的精神偶然現身時，卻常會遭受刻苦耐勞的反動精神打壓，再度被拉回過去。

所謂「需求為發明之母」。但日本卻將追求需求的精神貶為「懶鬼精神」，而將「刻苦耐勞」稱為美德。他們都說，不過一、兩里的路就用走的吧。才五、六層樓高就搭電梯完全是懶鬼性格。他們都說，依賴機械、忘懷勤勞精神，就是亡國的開始。這一切根本就是本末倒置。真理不容扭曲。我們就是因此慘遭真理復仇，一味依賴肉體的勤勞與刻苦耐勞的精神，才導致今日亡國的悲慘命運，不是嗎？

按個鈕、打個方向盤就能解決的事情，卻要耗上一整天辛苦得氣喘吁吁，然後還說什麼「汗水的結晶」、「勤勞的喜悅」，簡直可笑至極。更何況日本整體、日本的根本基礎，本來就是如此可笑至極。

我們的代議士諸公如今針對天皇制，天皇尊嚴之類可笑至極的話，喧鬧不休。雖然「天皇制」確實是貫穿日本歷史的一種制度，但是那所謂的天皇尊嚴常常只是利用者的工具，事實上根本就不存在。

對於藤原氏或將軍家而言，天皇制為什麼有必要存在呢？他們自己為什麼不將最高主權握在手中呢？那是因為，他們領悟到比起自己主權在握，天皇制更為方便；比起親自號令天下，不如讓天皇號令天下，自己率先表態服從號令，如此一來更容易貫徹推動號令。所謂的「天皇號令」並非天皇本身的意志，其實是那些人的號令。他們只是假天皇之名行本身欲求之實，自己率先表態服從號令，藉由將自己服從天皇的示範強加諸於人民，也等於是將自己的號令強加諸於人民。

想要自稱為神，要求人民承認其絕對的威嚴是不可能的。然而，自己膜拜天皇，將天皇尊為神，並將同一套觀念強加諸於人民卻是可能的。因此他們才會擅自擁立天皇，膜拜天皇，並藉由本身的膜拜強制要求人民認同天皇的威嚴，同時利用此威嚴號令天下。

這不僅僅是發生在遠古歷史中藤原氏或武家的情節而已。諸位瞧瞧吧，這場戰爭不也是如此嗎？天皇實際上是不知情的，當初也沒有下令。那單純只是軍人的意志。一會兒說滿州某處爆發事變，一會兒說華北一角戰火平息，簡直是豈有此理。就連總理大臣也被矇在鼓裡。足見軍部有多麼專斷獨行。正是這批軍人如此地輕蔑天皇，從根本褻瀆天皇，同時又盲目地崇拜天皇。簡直荒謬！荒謬至極！這才是貫穿日本歷史的天皇制的真面目，也才是毫無虛假的真正日本史。

從很久之前的藤原氏開始，最褻瀆天皇的人，就是徹底膜拜天皇的人。他們是真正打從骨子裡盲目崇拜天皇，同時卻又將天皇玩弄於股掌之間，將其作為方便自身利用的工具，徹底地褻瀆天皇。時至今日，我們的代議士諸公仍是言必稱天皇尊嚴，而大多數國民也還是支持這樣的言論。

有人說去年（一九四五）八月十五日，日本以天皇之名宣布戰爭結束，大家都因天皇而得救；但是只要回顧日本歷史，就能驗證「天皇」總是非常狀態下的歷史所創作出的獨創作品、萬全對策、最後底牌。而軍部本能性地深諳這種底牌，我等國民又本能性地期待這種底牌，於是乎軍部與日本人聯手演出八月十五日這一幕精采的高潮戲碼。

忍所難忍、耐所難耐，爾臣民宜服朕意。[4]國民聞言莫不哀泣，都說這既然是陛下下的命令，雖然難忍還是忍辱負重，接受戰敗吧。謊話連篇！謊話連篇！謊話連篇！

我等國民不是早就渴望戰爭趕快平息嗎？不是早就對手持竹矛迎戰坦克，像個泥偶般爭相赴死感到厭惡至極嗎？我們這些民眾比任何人都渴望戰爭結束，只是無法說出口罷了。結果，那夥人竟然還敢滿口大義名分，說什麼「天皇命令」，什麼「忍所難忍」。這是什麼樣的詭計陷阱！不就是個悲慘又窩囊的歷史大騙局嗎？更何況，我們之前對那樣的欺瞞一無所知。要是沒有天皇的停戰命令，我們還是會以肉身衝撞坦克，即便極端厭惡，還是會化身勇猛泥偶爭相赴死。正如最褻瀆天皇的軍人卻崇拜天皇一般，我等國民雖

4 節自日本昭和天皇於一九四五年八月十五日二戰戰敗後，對外廣播的《終戰詔書》。

然沒有那麼崇拜天皇，卻也對利用天皇習以為常，對本身的狡猾，對那所謂「大義名分」的狡猾大旗渾然無所覺，隨之一同歌頌天皇尊貴的恩惠。這是什麼樣的詭計，又是什麼樣的狡猾啊。我們早已被這種歷史詭計掌控，而且喪失了身而為人還有人性的應有面貌。

身而為人還有人性的應有面貌又是什麼呢？簡而言之，就只是：「誠實說出想要或厭惡的事物。」喜歡就說喜歡，有喜歡的女人就說喜歡。脫下「大義名分」、「私通為大忌」、「義理人情」等虛偽外衣，回歸赤裸裸的本心吧。找回並凝視這赤裸裸的樣貌才是人類重生的最優先條件。如此一來，自我、人性以及真實才得以從中誕生，並往前邁出第一步。

日本國民諸君，我要向各位吶喊「日本人以及日本本身都應該墮落」，我要振臂疾呼「日本以及日本人都必須墮落」。

只要天皇制繼續存在，此等歷史詭計將持續殘留於日本觀念中發揮作用，然後我們就無法奢望身而為人的人性花朵在日本綻放。我們或許永遠都等不到人類的正向光芒、身而為人的真正幸福、身而為人的苦惱，以及人類所有的真實樣貌，在日本出現的那一天。我雖然吶喊著「日本，墮落吧」，其中的真正用意卻是完全相反的。因為現今的日本，還有日本式的思維早已嚴重墮落沉淪，我們必須從這種充斥著封建餘毒詭計的「健全的道德」墜落，赤裸裸地踏上真實的大地。我們必須從「健全的道德」墮落，才能回歸成為真正的人類。

無論是天皇制、武士道、刻苦耐勞的精神，或是將五十錢省到三十錢的美德，我們必須脫去這類的虛偽外衣，回歸赤裸裸的本我。總之，就是必須回歸為人，重新出發。否則我們只會重回往日那個充滿欺瞞的國度，不是嗎？請先回歸赤裸本我，捨棄綑綁我們的禁忌，找回自己真實的聲音。未亡人就去戀愛，儘管墮落地獄吧。退伍軍人就淪落黑市維生吧。墮落本身當然是壞事，但是不花本錢就無法揀選出真品，光靠華而不實的表面功夫也不可能獲得真實的回饋。我們必須賭上血肉，賭上真實的哀嚎，該墮落的時候，就該嚴肅認真地一頭栽下。管它是道義頹廢、一團混亂也好，鮮血直流、渾身沾毒也罷。若不先奮力鑽過地獄之門，就無法攀上天堂。除了忍受手腳二十片指甲滲血、剝落的痛苦，一小步一小步地朝天堂前進，難道我們還有其他通往天堂的道路嗎？

墮落本身常是無趣的，同時也僅是一種惡，然而墮落的性格中也存在著莊嚴的部分，那就是人類偉大的真實樣貌——孤獨。換言之，墮落總是帶著孤獨的宿命，被他人離棄、被父母離棄，除了依靠自己別無他法。

善人是種輕鬆愉快的選項，因為他們能在與父母兄弟、人與人之間的虛偽義理或約定中處之泰然，全心全意投入所謂的「社會制度」，最後平靜地迎接死亡。反觀墮落者卻總是脫離常軌，孤身走在曠野之中。縱使惡德無趣，孤獨這條路卻是通往神的道路。所謂「善人尚且得以登上極樂淨土，何況惡人」，[5]說的正是這條路。基督宗教敬拜娼婦，也是著眼於孤身獨行於曠野的這條路，唯有這條路才能直達天堂。縱使有成千上萬甚至上億的墮落者最後難以抵達天堂，只能空虛地孤身徘徊地獄，仍無法改變這條路直達天堂的事實。

哀哉，人類的真相就在於此。誠然，實在哀哉，人類的真相就在於此。這樣的真相是永遠無法憑藉社會制度與政治獲得救贖的。

被奉為政治之神的尾崎咢堂[6]，終戰後提倡「世界聯邦論」。據他所言，原始的人類曾以「部落」形式彼此對立，日本直到明治之前也沒有所謂「日本」的概念，而是以「藩」的形式相互對立。當時，大家不是日本人，而是藩人。後來出現了「非藩人」的概念，這才打破藩的對立意識，日本人也隨之誕生。他倡言，正如明治時期的「非藩人」，我們也必須成為「非國民」，藉由破除國家意識，晉身國際人之列，而「非國民」一詞蘊含無上的榮耀。這就是他的世界聯邦論的基礎。他主張會區分什麼日本人、美國人或中國人，就代表我們仍囿於原始思想的殘存影響，成為世界人，破除萬民國籍的藩籬才是正確的做法。此番言論尚值得一聽，只是聽他倡導根本沒有什麼後代應該重視維護「日本人血統」時，還是讓人萌生一股不寒而慄的恐懼。如果我沒記錯的話，他的夫人應該是位英國人。他要是現在有個日本人的老婆，有個日本人的女兒，就不會如此斷言。

只是，敢問咢堂，咢堂所謂原始人是以部落的形式彼此對立，稍微進步後則是以藩的形式相互對立，然後是以國的形式相互對立，「對立」追根究柢該歸因於文化的低劣。然而，事實是否果真如此？咢堂忘記了「人類」這個最重要的本質。

他說對立情感該歸因於文化的低劣，然而即使國家彼此的對立消失了，個人與個人的

5 出自親鸞（日本鎌倉時代僧侶，淨土真宗創始人）《歎異抄》。

6 指尾崎行雄（一八五八—一九五四），號咢堂。日本政治人物，在日本被奉為「憲政之神」、「議會政治之父」。

對立也永遠不會消失。隨著文化演進，這樣的對立反而只會更趨激烈。

原始人的生活尚未確立「家庭」觀，所以會有多夫多妻野合的情形，人們也鮮少會因此嫉妒，所謂的個體對立極為罕見。隨著文化進展，家庭的輪廓更為明確，個體的對立才日趨激化、尖銳。

忘記此等人類的對立，此等最為基本且最大的深淵，來談論「對立情緒」，主張世界聯邦論，談論人類幸福，真能成為某種魔咒嗎？談論人類幸福時，將家庭對立與個人對立拋諸腦後，簡直愚蠢之至，但所謂的「政治」本來就是這麼愚蠢的東西。

共產主義簡單來說也是世界聯邦論之一，他們與咢堂犯下的毛病大同小異，都是對人類的對立、對人類以及人性，缺乏嚴謹論述。想來，政治終究還是不可能觸及人類抑或人性層面。

政治還有社會制度都是網眼過大的漁網，人類則是漁網永遠都抓不到的魚。即便破除所謂天皇制的詭計，制定全新制度也不過是詭計的再進化，這是我們都難以逃脫的命運。但是人類永遠都會從漁網逃脫、墮落，制度也總是反遭人類報復。

我本來也認為世界聯邦非常可行，也贊同咢堂所言「根本沒有什麼值得守護的日本人血統」。但是，那樣就能讓人類幸福嗎？人類的幸福並不存在那樣的世界中。人類的真實生活並不存在那樣的世界中。日本人要成為世界人並非不可能，事實上還可能是出乎意料之外的簡單；然而人類之中個體與個體的對立卻不可能永遠消失，而所謂「人類真實的生活」就存在於此等個體對立的生活中。不論世界聯邦論與共產主義多麼努力，都不可能擁有這樣的生活。而透過個體對立的生活，吐露出的靈魂心聲就是所謂的「文學」。文學常常都是針對制度以及政治的反叛，對人類制度的復仇；而那樣的反叛與復仇，卻也往往成為政治的助力。反叛本身就是種助力，就是種愛情。這是文學的宿命，也正是文學與政治絕對不變的關係。

虛幻人生如白駒過隙，而人類卻是極端樂觀、前後矛盾又莫名其妙的冒失鬼。就在那場戰爭打得如火如荼之際，東京有一大半人都抱怨家園被燒毀，得住在防空壕裡，被雨淋溼，想去哪裡都去不得。或許這樣的人大有人在。但是，同時應該也有不少人莫名地從中萌生一種安適、難以割捨的眷戀。儘管得淋著雨，膽顫心驚地面對轟炸，卻也有不少樂觀主義者享受起這樣的日子。附近一個老闆娘與人閒聊時突然冒出這麼一句話：「沒有轟炸還真無聊。」大家當時雖然哈哈大笑地蒙混過去，我卻覺得這話說不定道出了大家的心聲。儘管每個人都說娼婦是社會制度的缺陷，但她們大多數人說不定覺得，比起被國家徵召，鎮日對著機器工作，原本的生活還比較有意思。強迫女人穿上制服，一個口令一個動作，根本就稱不上什麼健全生活。

生死輪迴，萬物流轉，相對於人類無限的永恆未來，吾等人生宛若塵露。而這樣的我們卻滿口「絕對不變的制度」、「永恆的幸福」，對未來輕言許諾，實在是狂妄自大，荒謬絕倫。這對於無限永恆的時間，又或對於人類的進化而言，豈不是駭人的褻瀆？我們所能做的，不過就是一點一滴地變得更好而已；而事實上，人類墮落的極限出乎意料地也不過爾爾。因為，人類並未蒙受恩賜，並未擁有無限墮落的堅毅精神。到頭來，總會忍不住倚靠詭計或其他事物，來阻止自己繼續墜落。人類得像這樣創造詭計、破除詭計，然後才能前進。墮落正是制度的母體，我們首先最應嚴肅正視的就是這個無奈的人類真相。

7 戀愛論

我不太了解戀愛到底是什麼。這東西必須窮盡畢生文學持續探究。不論是誰，都曾正面遭遇「戀愛」這東西，也或許有人還沒有正面遭遇就結婚了。不久後，他們還是會愛良人、愛妻子，又或愛出生的孩子。同樣的，也會愛家庭、愛錢、愛和服。

我不是在開玩笑。

日文中有「戀」與「愛」兩個不同的語彙。兩者的語感似乎有些微差異，也或許有人對兩者的解讀或感覺是截然不同的。在國外（我所知的兩三個歐洲國家），「戀」與「愛」完全相同，他們用同一個語彙形容對人的愛與對物的愛。在日本，人可以「愛」也可以「戀」，而對於上述的物，卻不用「戀」這個字。在此情況下，「戀」很罕見地與「愛」擁有不同含意，似乎隱含著更為強烈、狂爆的力量。

「戀」這個字原本帶有對於尚未獲得之物的渴求語感，而「愛」則是更為沉靜、平和、透徹，透露出對於所有物的憐惜。所以「戀」帶有激烈渴望、瘋狂祈願的意義。我沒查字典，但我不認為「戀」與「愛」這兩個語彙會有什麼明確規定，說明歷史性的、受到區分的限定意涵。

據說「切支丹」首度渡海來日時，對這個「愛」字煞費了苦心。在他們國家，「愛」是一種喜好，不論是愛人或愛物，都是表現喜好的一個平凡語彙而已。然而，日本武士道認為「男女私通為武家大忌」，一提及「情愛」，總免不了聯想到「私通」。「戀愛」因此被定位為邪門歪道，「愛」這個字也沒有半點清純之意。「切支丹」是個倡導愛的宗教，包括天主的愛、耶穌的愛，然而在日本「愛」卻帶著強烈的「私通」語感，當時的傳教士不知道該如何翻譯才好，煞費苦心後創造出所謂的「珍視」(大切)。換言之，他們稱為「天主的珍視」、「耶穌的珍視」，將「吾愛汝」翻譯成「吾珍視汝」。

事實上，在現今的日常生活習慣用語中，什麼「愛」或「戀」好像是莫名彆扭的語彙，說出「我愛你」，彷彿是在舞台上茫然唸著台詞，可以感受到一種尚未與我們生活根基緊密結合的空虛。說「愛」莫名地就是令人感覺很做作。所以就換說「我喜歡你」。這句話似乎具有貨真價實的重量，簡言之，似乎達到了英文「love」的同等效果；但是日文中單獨一句「喜歡」，還是讓人感覺力道不足，總覺得這個「喜歡」就只像是喜歡巧克力的「喜歡」，似乎少了些什麼，在無計可施的情況下，只好補充說明「非常喜歡」，藉此增強力道。

自明治（一八六八—一九一二）以來，日語中的許多詞彙都是為了迎合外來文化勉強拼湊出來的，或許也因為如此，造成詞彙意義與我們日常慣用的詞彙生命各不相同。另外還有各式各樣的同義詞，其中許多都如同籠罩在一片迷霧之中，語意曖昧不明。我們該稱之為「詞彙之國」嗎？我們的文化是否能從中獲得庇蔭？我對此大大存疑。

如果說「看上了」，就變得低級，如果說「愛上了」，似乎就變得高尚一點。低級的戀情、高尚的戀情，事實上還有其他各種不同形式的戀情，藉著「看上了」、「愛上了」不同的用法，光靠一個動詞就能簡單明瞭地加以區別，這麼說來日文似乎很方便，可是我們卻反而感到不安。換言之，正因為單單憑藉詞彙的個別使用，清楚鮮明地予以區別就覺得能應付了事，反而會錯失事物自體的深層奧祕，還有那些彰顯獨特個性的各種表象。過度依賴與憑藉語言，只想著符合事物自體的表現，也就是過於忽視「我們的語言是了解事物自身的工具」的思維，以及觀察的本質性態度。簡言之，日語的多樣性過度重視氛圍，日本人的情緒訓練也因此過度重視氛圍。使用這種多樣性的語言時，會讓我們強烈感受到彷彿置身自在豐饒的情緒沃土，感覺非常可靠安心。事實是，這種語言會讓我們陷入凡事似懂非懂、只重情緒的敷衍心境，被過度賦予詩人般的言論自由，彷彿在這原始卻憑藉

「言靈」[1]能量而昌盛繁榮的國家中，穿上借來的文化衣裳。

人們似乎對「戀愛」過度幻想，營造出一種特殊的氛圍。但是戀愛並非語言，也不是氛圍。單純就只是「喜歡」，僅此而已。一句「喜歡」，心情上或許有無數差別。在那樣的差別中，或許有「喜歡」與「愛情」的差別，但是差別就只是差別，應該不是氛圍。

「戀愛」只是一時的幻影，最後終將幻滅、冷卻。明白這個道理的成年人，心境實屬不幸。

年輕人即便明白同樣道理，卻不明白熱情實際的生命力，成年人則不同，他們明白何謂熱情，也明白戀愛是虛幻的。

不同階段的年齡會開出不同的花朵與果實，我認為年輕人對「戀愛不過是幻影」的事實，只要大概聽過、知道，就夠了。

我很討厭所謂「真正的實情」，因為太過真實了。「人死後終會化作一堆白骨」、「人死了什麼都別談了」。諸如此類理所當然的道理，其實一點意義都沒有。

前人教訓又分成兩種，一種是「前人的失敗，後人不要重蹈覆轍」，另一種是「前人的失敗，後人絕對會重蹈覆轍」，因此後者有一種讓人無法說出「所以就別去嘗試」的性質。

戀愛所具備的性質就屬於後者，即便明白一切只是幻影，永遠的愛戀是天大的謊言，還是無法說出「那就別談戀愛了」。因為不戀愛，整個人生就彷彿要消失一般。換言之，這與「人終將一死，反正終將一死，不如早死早超生」的說法不成立，道理相同。

有些人因為《萬葉集》、《古今集》[2]以質樸純粹的方式表露真情，就將之視為具有高度文學價值的作品。我很討厭這種簡單的思考。

極端而言，那樣的戀歌就如同動物本能的鳴叫，像是貓狗為了自身愛情吠叫，只不過人類換成語言表達出來，不是嗎？

---

1 即語言。日本自古深信語言具有不可思議的能量，足以影響現實，口出好話自然蒙受恩典，口出惡言會招來災厄。

2 指《古今和歌集》，約於西元九一四年完成編撰。為日本最早由天皇或太上天皇下敕命編集的「敕撰和歌集」，為日本後世和歌創作樹立典範。

只要戀愛，就會夜不成眠，分別後就會比死還要痛苦。只要戀愛，忍不住就是想寫信傾述情意，但不論信寫得再好，其實也與貓兒的嗚叫聲沒有兩樣。上述的戀愛樣貌是千古不變的事實，由於過於真實也無須特別解釋。不論任何人，只要一戀愛就會是這個樣子。說起來，就是理所當然的千篇一律，任憑個人自由去愛就好。

除了初戀，其他不論戀愛幾次，戀愛永遠都是這麼一回事。戀愛與失戀都一樣，都會睡不著，焦慮不安到想死。這與什麼「純情」一點關係都沒有，過一、兩年後，遇到別人還是會這副模樣。

我們會思索戀愛、將戀愛寫成小說，其中意義並非企圖追根究柢地探索這種原始（不變的）心情的理所當然之貌。

「人類的生活」理應由每個人各自打造。每個人都應該建設自己的人生、自己的一生，正是此等努力的歷史足跡孕育成就了「文化」。戀愛也一樣，當每個人從本能世界抽離走進文化世界、親手打造使之成形時，就會出現問題。

A男與B女兩人墜入愛河，兩人都睡不著，分別後痛苦到生不如死。兩人開始寫信，哭成淚人兒。到此為止，兩人的父母、祖先，又或孫子、後代子孫都會有同樣表現，對此也沒什麼好批評的。但是如此相愛的兩人，兩、三年後卻毫無例外地必定會吵架扭打，又或內心開始出現另一個傾慕對象的身影。人們此時會想，難道沒什麼好辦法嗎？

但是，一般而言大概都想不出什麼好辦法。接著A男與B女會結婚。果不其然，逐漸感到倦怠，甚至萌生仇恨之心。這時候，也會想到底該怎麼辦才好。

如果要問我答案，這是強人所難，我也不知道。因為我持續深入探索的，也僅止於屬於我自己的解答。

我不認為有婦之夫或有夫之婦不該談戀愛。

人們多半會同情被拋棄的那一方，憎惡拋棄他人的那一方；可是若處於非捨棄不可的情況，主動捨棄的一方必須忍受與被捨棄的一方等價的痛苦，所以我往往認為失戀與戀愛所承受的痛苦是等價的。

我根本上不喜歡同情。因同情而放棄戀愛，一想到就覺得過於黑暗，所以很討厭。

比起弱者，我會選擇做個強者，也會選擇積極的生活方式。這條路實際上是一條苦難之路，因為弱者之路一目瞭然，儘管黑暗卻很保險，無須精神上的激烈拚鬥。

話雖如此，不論何種正道都絕不可能萬人適用。每個人個性迥異，身處環境、周遭關係常常各不相同。

我在小說中光明正大地陳述從古希臘時期至今毫無長進的戀愛故事，那是因為個性造成的問題只能靠個性解決，如果能歸納出一個萬人適用的規則，對戀愛妄下結論，那就沒必要寫什麼小說，小說也沒有存在的意義了。

儘管大家都說戀愛沒有規則，事實上還是存在某種規則的。那就是所謂的「常識」，還有所謂的「因習」。在這規則之下，內心仍潛藏著無法滿足、不甘臣服於虛偽的靈魂，也可以說是孕育小說的靈魂，所以小說的精神常是叛逆性的，不停地追尋某種更為美好的事物。但這也只是作家單方面的藉口，從常識那一方看來會認為：「文學總是違反善良風俗。」

戀愛是人類永恆的問題。我想只要有人類，人生最主要的部分恐怕還是戀愛。面對人類永恆的未來，我根本沒有立場在此夸夸而談什麼戀愛的真相，而我們也不可能論斷適用萬世的正確戀愛。

我們只能各自盡其所能地去過各自的人生，藉此探索專屬於本身的真實，並悲傷地以此自豪，聊以自慰。

問題只有一個，「屬於自己的真實是什麼」，或許就是這麼基本的問題而已。

對此，我還無法說出任何一句確信不疑的話來。我只能說常識——也就是善良風俗——既非真理也非正義，善良風俗所判定的惡德不見得就是惡德，被自己懲罰應該遠比遭受善良風俗懲罰還要恐怖。

人生這條路本來就不會多圓滿幸福。所愛之人不愛自己，渴望的事物難以獲得，大致上都是這樣的事情。諸如此類的小事還只是序幕，還有個名為「靈魂的孤獨」的惡魔國度正張開血盆大口，恭候人類大駕。越是強者，必須抵抗的惡魔就越強大。

人類的靈魂不論餵養任何事物都無法獲得滿足。特別是知識，更是將人類引導到惡魔身邊的絲線，人生根本不可能有什麼永恆或不被背叛的幸福。在有限的一生中，所謂的「永恆」本來就絕對是一場騙局，詩人般吟詠「永恆的愛情」只是在耍弄主觀印象的文字遊戲，這樣的詩意陶醉絕稱不上優美高尚。

對於人生，與其愛詩詞，不如從愛現實開始做起。現實往往都會背叛我們，然而將現實的幸福視為幸福，將不幸視為不幸，這種即物性的態度無論如何反而顯得正經嚴肅。詩意態度是傲慢而空虛的。當事物自體即為詩，詩才首度得以擁有生命。

將精神戀愛視為高尚的「柏拉圖式愛情」也很奇怪，我們最好不要輕蔑肉體。肉體與精神擁有始終互相背叛的宿命，我們的生活主要由思維，也就是精神掌控，所以往往會背叛肉體，我們也都習於輕蔑肉體；但是我們不應忘記，肉體同樣持續背叛精神。不論何者，其實都是半斤八兩而已。

人類就算戀愛，也不會感到滿足。談過幾次戀愛後，除了明白這是多麼無聊之外，似乎也不會變得比較偉大。反而還常因為自身的愚劣，常常遭受背叛。雖說如此，少了戀愛，人生就無法成立。反正人生就是這麼可笑愚蠢，不論戀愛有多麼可笑愚蠢，也不會因此矮人一截。有人說，「笨蛋到死都是個笨蛋」，然而我們必須銘記於心的是，在我們愚蠢的一生中，笨蛋才是最值得尊敬的對象。

人生在世，最能寬慰人心的是什麼？痛苦、悲傷、無奈。因此，笨蛋沒什麼好懼怕的。藉由痛苦、悲傷、無奈，有時可能還會覺得稍稍獲得滿足。有什麼靈魂即便如此仍舊無法獲得滿足的嗎？唉，孤獨。請別這麼說。孤獨是人的故鄉。戀愛是人生的花朵。無論如何無趣，都是世上獨一無二的花朵。

8 太宰治殉情考

報載，太宰月收入二十五萬圓，每天花兩千圓喝濁酒，住在五十圓房租的住處，雨水滲漏也不修。

就一般人的生理狀態而言，是喝不了兩千圓濁酒的，而太宰好像也不喝濁酒。大概一年前，他說沒喝過濁酒，我帶他到新橋的濁酒店喝一杯。太宰當時已經醉了，濁酒只喝大概一杯，之後好像也就不再喝濁酒了。

武田麟太郎死於甲醇。我從此開始養成小心劣質酒的習慣，因此在威士忌酒店債台高築，苦不堪言。每次只要上街喝酒，酒伴總是越找越多，最後總難以兩、三千圓了事。儘管沒吃任何一道豪華佳餚，光是酒錢總是痛快地一擲千金。

前一陣子，三根山與新川來找我。他們曾邀我去吃他們相撲鍋的河豚，我回答說：「不了、不了，鄙人可不想吃河豚自殺。就相撲力士做的河豚，我是不會吃的。」三根山彷彿聽到了什麼不可思議的話，頓時顯露茫然神情：「料理店的河豚才危險，相撲力士做的河豚可以放心。我們都是這麼說的，對吧？」他漲紅著臉叫新川。

「相撲力士裡到現在也才死過兩個人，福柳與沖海，開天闢地以來就這兩個人。我們都會用鑷子將河豚內臟的血管一一挑掉，處理時間是料理店的三倍，可費心了。要是真中獎，吃糞便就治得好。我有一次吃河豚也是覺得麻麻的，趕緊抓起糞便放到嘴裡，吐完就沒事了。」

相撲力士還真是冷靜，有種超越時間空間的特質。我前一陣子去吃河豚時也是，都事先幫我留內臟，看我到了就從冰箱取出內臟。

「老師，有河豚卵巢喔。」

「不用，夠了，就饒了我吧。」

「老師你這個人，真是特別啊。」力士結著髮髻的頭，疑惑地一歪。

不過相撲力士更有意思。他們就只是力士，只知道相撲，只會以力士的思維思考。或許是因為糧食短缺吧，力士個個都很瘦。像三根山瘦到只剩下二十八貫[1]。即便如此，他下次就能升上關脇[2]。只要體重回到以前的三十三貫左右，還能當上大關。他曾說，只要戒菸就能增胖。後來又像隨口說說地乾脆宣布：「唉，既然如此，就從現在開始戒吧。」結果，他還真的就那麼把菸給戒了。

所謂的「技藝之道」，如果缺乏要當殉道笨蛋的決心，就難成大器。

三根山不懂政治，對日常生活大小事也毫無概念。但只要聽聽他對於相撲技術策略的知識，就能發現他既然有能力如此深厚正確地理解這一行，即使從事其他行業，應該也能爬到實際管理的上位階層。他只是對於相撲以外的事務漠不關心罷了。

據說，雙葉山[3]或吳清源都拜入璽光大人[4]門下。吳八段[5]加入該宗教門下後，棋藝日益精湛，打遍日本棋壇無敵手，對弈棋士莫不俯首稱臣。吳八段最近頻頻參與讀賣新聞圍棋賽，並要求高額出賽費用，據說也是為了幫助璽光大人，一手負責籌措團體的後勤補給資金。我也在讀賣的企劃下與吳清源對弈了一局。據讀賣表示，由於吳清源的對弈費用高得離譜，文化部的補助資金光是支付吳清源那邊就已經去了一大半，所以安吾先生這邊並

---

1 日本舊制重量單位，一貫等於3.75公斤。

2 日本相撲力士位階名。現今的力士位階依序為橫綱、大關、三役（關脇、小結）、平幕（前頭）、十兩。

3 雙葉山定次（一九一二—一九六八），第三十五代橫綱。

4 指日本戰後新興宗教團體「璽宇」的教祖「璽光尊」（「天璽照妙光良姬皇尊」）。該教教祖自稱天皇，自訂憲法、紙幣，宣揚末日思想等作為引發爭議，後遭日警大力掃蕩，現已名存實亡。

5 日本圍棋有從初段至九段的不同段數，吳清源因其本身的段數也被稱為「吳八段」。

沒有出賽費，便當以及電車交通費用也全都自費。這麼說來，我當初也算間接資助了璽光大人，南無阿彌陀佛。

雙葉山和吳的心境絕無法套用於一般大眾身上。然而，其中仍散發身處勝者為王、敗者為寇世界中的悲痛性格。

大家都明白人隨著文化程度越高，就會越迷信的道理嗎？相撲力士或許目不識丁，卻是高度的文化人。因為，他們深諳相撲技術，並憑藉這樣的技術與時代相互連結。因為，不論是相撲的攻擊速度、各種技巧的速度或呼吸，乃至於抵禦方法，都與當代文化息息相關。通達深奧相撲技巧的他們，是當代最高超的技術專家，也是文化人。儘管目不識丁也不是問題。

高度的文化人或複雜的心理學家，都很容易遊走於與迷信僅一線之隔的懸崖邊。因為他們在徹底檢討本身力量後，深知人類的極限與絕望。

越是優秀的靈魂，苦惱就越為深沉，掙扎也越是強烈。我認為，偉大的力士雙葉山與大圍棋家吳八段，這兩位獨創性的天才拜入璽光大人門下，再再彰顯悲痛天才的苦悶。若因為璽光大人滑稽的性格而嘲笑那兩個天才靈魂的苦惱，那就是大錯特錯。

文人其實也是藝人、職人，也是專家。以職業性質而言，並沒有目不識丁的文人，即使有文人如目不識丁似地毫無常識，但藝道本來就沒有常識可言。

對一般大眾而言，戰爭是非常時期。然而，一旦投入藝道，靈魂平時仍持續處於戰鬥狀態，與戰爭共存。

他人或評論家的評價，對於文人而言不是問題。那種戰鬥，存在於作家本身更為深層的心底。他們的靈魂本身就是狂風暴雨。而那懷疑、絕望、振作、決斷、衰微、奔流的狂風暴雨本身，即為靈魂。

雖然他人的批評根本無須介懷，但那批評也絕非世間一般正常的樣態。

力士與棋士在一決高下時，都是賭上生命全力以赴。然而，他們卻淪為世間人們玩弄的對象，勝者博得喝采，敗者遭受輕蔑。

對於某些靈魂而言，是誓死拚博的戰鬥，卻被低俗靈魂當成評判與輕蔑的遊戲。

文人的工作，被那些盲目營生的低俗靈魂，彷彿香蕉稱斤論兩賣似地，以開玩笑的喊價聲音，評定為五十錢、三十錢、上級或中級。

文人根本無暇每聽一次就為此惱火。藝道，是必須受到本身更為絕對性的聲音檢視，受其評斷、因此苦惱的。

投身藝道始終處於戰爭狀態的人們，必須了解世間一般的規矩與自己的世界截然不同。換言之，承平時期也要持續活得像特攻隊一樣。承平時期，也要對工作賭上本身靈魂與生命。然而，既然是本身鍾愛的藝道，面容當然不像被指定赴死的特攻隊那樣悲痛，我們只會流露出平靜淡然的神情。

據說，太宰一夜喝下兩千圓的濁酒，卻不修理家中雨水滲漏之處。如果大家認為他真是個笨蛋、怪人，那麼正如大家所料，如果不是笨蛋，就無法在藝道成大器。在藝道集大成，也意味著要成為一個笨蛋。

太宰之死真是殉情嗎？太宰與小幸[6]以繩索綁住兩人腰部，小幸死後雙手仍緊抱住太宰脖子，從這種情況看來，不論是半七或錢形平次[7]肯定都會判定為殉情。

但這世上怎麼會有這麼不合常理的殉情。之前根本看不出太宰愛上「急性子小幸」，別說愛上了，看起來甚至像是輕蔑。「小幸」原本就是女人的名字，但「急性子小幸」這名字卻是太宰自己取的。她不是個聰明伶俐的人，笨到讓所有編輯都大為吃驚。不過，腦袋不靈光的女人有時或許反而能讓光靠腦袋工作的文人，感覺稍微喘口氣。

太宰留下的遺書亂無章法，他在死前就已爛醉如泥。而小幸平常就很會喝酒，當時似乎還沒喝醉，還能寫下像是「能陪伴尊敬的老師一起死，深感榮幸、幸福」等字句。或許是爛醉如泥的太宰一時興起，提出要自殺，而還沒喝醉的女人，就代為決定執行了吧。

太宰常將「想死、想死」掛在嘴上，作品也提過自殺情節或暗示自殺，但是他的生活中根本沒有什麼走投無路的原因，逼得他非死不可。從他身上也看不出什麼走投無路的思想，逼得他非死不可。在作品中自殺，不代表非得在現實世界中自殺不可。

喝到爛醉如泥，做出丟臉的醜事，隔天睜開雙眼才滿臉通紅、冷汗直流地呢喃：「糟糕，失態了。」這種情況對我們而言也沒什麼大不了的。然而一旦自殺，事情可沒這麼簡單，因為隔天再也睜不開雙眼，根本無法收拾殘局。

---

6 此為暱稱，指與太宰治投水身亡的女性——山崎富榮。

7 皆為日本著名偵探小說主角名。

法國也曾有一位名叫內瓦爾[8]的大詩人，深夜去關東煮店（法國式的）敲人家大門，關東煮店的老伯很怕一坐下來就賴著不走的內瓦爾，所以假裝睡著沒應門。店家後來聽到內瓦爾一聲：「算了，隨便，」似乎轉頭離去的聲音。沒想到隔天卻發現他上吊，死在關東煮店前的行道樹上。這位詩人沒喝到那杯酒，竟然轉而去上吊。

像太宰這樣的男人，要是真的愛上一個女人，應該就不會死，而是會好好活著吧。其實，投身藝道之人原本就不可能真心愛上一個女人。所謂的藝道，就是那種只有鬼棲息的地方。所以太宰與女人一起死，代表他並沒有愛上對方，這一點是無庸置疑的。

太宰雖然留下遺書說「寫不出小說了」，但是寫不出小說只是一時的，並非絕對性的事情。不能將這種一時性的憂鬱，置換成絕對性的憂鬱。太宰不可能不了解這一點，所以他絕對只是因為一時性的憂鬱才會去死的吧。

第一，太宰嘴上說寫不出小說，卻從未寫過眼前的急性子小幸。無法促使作家提筆寫出小說的女人，肯定是無趣的女人。或許就是個無足輕重的女人吧。如果是舉足輕重的女人，太宰為了寫這個女人應該還會好好活著，應該不會說出「寫不出小說了」。有種人就是會讓你無論如何都難有靈感提筆創作。儘管如此，還是愛上這種女人、對她心生愛意，實在荒唐愚蠢。不過太宰在這一點上還真的是非常愚蠢，不論是愛上一個人的方式、選女人的眼光，根本就不像樣。

不過，這又何妨？不論愛上別人的方式有多不像樣、要拜入璽光大人門下、要投入玉川上水[9]自盡、急性子小幸要掛起自己與太宰的照片，死前對著照片膜拜，舉凡種種不論有多愚蠢荒唐，又有何妨呢？

對於投身藝道之人而言，唯有曾在本身領域留下些什麼才重要。儘管在內心的狂風暴雨中，盛開的花朵一度燦爛，轉瞬凋零，儘管死法遭受曲解、死因帶上面具，看來稀奇古怪不成體統，但是唯有生前的作品是無法有半點虛假的。

我們反而該將他的不成體統，視為他狂亂的苦惱、籠罩在狂風暴雨的心靈的真切反應，這或許還比較正確。「我愛上了這個女人，那是唯一值得我愛的出色女性，我們會在

8　熱拉爾・德・內瓦爾（Gérard de Nerval，一八〇八—一八五五），十九世紀活躍於法國的浪漫主義詩人。

9　太宰治當年投水自盡之處，位於東京。

天堂白頭偕老」，像這樣貫徹始終地為愛而死，對我來說反而奇怪。要是真的愛上了，此生此世好好活下去就好了。

太宰的自殺與其說是殉情，倒不如解讀成藝道之人掙扎苦惱的一個面向，與拜入璽光大人門下一樣，是一種不像樣的垂死掙扎。這點應該是無庸置疑的。面對這樣的垂死掙扎，我們理應平靜地接受，給予體諒理解，靜靜地讓他們好好安息。

由於藝道平時猶如戰時，儘管表面蠻不在乎，內心深處卻可能正在痛苦哀嚎，拚命地只想逃進坑裡躲藏，甚至還可能與毫無意義的女人殉情，走上絕路，不論生活方式或死去方式都會變得很不像樣。不過這一切都不足以成為問題，唯一重要的就只有作品而已。

9 歐洲性格、日本性格

歐洲與日本首度接觸不過距今四百年前，在此我想根據本身觀點，與各位談談歐洲性格與日本性格接觸當時所引發的摩擦或交流等情事。

很幸運的是，正如各位所知當時來到日本的是所謂「切支丹・伴天連」[1]的天主教宣教士，也就是現今的神父，他們當時會寫信或報告寄回故國，相關手稿仍流存至今，對於了解當時情況是非常珍貴的文獻資料。

日本這邊也有各種描寫當時事件的手稿或紀錄，遺憾的是日製資料完全派不上用場，幾乎沒什麼參考價值。

這是因為歐洲等外國人的觀察方式與日本人的觀察方式，本來就有很大的差異，日本人似乎傾向以極度偏頗的角度看待事物，例如，常單純以「怒火中燒」或「怒目而視」等形容式的描寫，草草了事。日本人無法基於事物本身性質看待事物，也難以掌握該事物獨有的根本真實面貌。日本人對此實在是不拿手。

1　伴天連，日本音譯自葡萄牙文padre（神父、宣教士）的舊稱。

承上述，可舉《信長記》一書的實例證明。書中內容記述織田信長在本能寺被殺的歷史，我想在此唸上一段——「明智光秀突然自龜岡揮軍南下包圍本能寺，蜂擁而至的軍隊高唱凱歌，一邊射出弓箭與子彈。本能寺方面頓時驚醒，英雄豪傑自寺中衝出，殺進明智陣營。明智陣營起初幾乎招架不住此等攻勢，等到那批英雄豪傑陸續戰死，氣勢才逐漸由弱轉強。後來，就連織田信長本人也在寺廟走廊上現身，只見他露出一條胳臂，手持長槍，逐一刺倒想要接近他的敵人。後來，他一邊胳臂中箭，退到房內中央，引火自焚。」

書中是這麼寫的。

不過，當時距離那座名為本能寺的寺廟約一丁[2]之外，有一間位於京都的天主教會，教會中的歐洲神父夜半被聽來像打仗的聲音驚醒。之後當然就是忙著準備各種避難事宜，等候黎明。在此期間，他們也不是光等而已，還用盡一切手段蒐集各方資訊，進行各種可能的偵察，可說是相當冷靜。這些教徒把蒐集到的消息大致彙整過後，便分別呈報給自己的國家。

根據那些報告，當天的情形變成這樣——

「明智的軍隊將本能寺團團包圍，卻未攻入本能寺。畢竟本能寺寺方沒有任何一人是謀反疑犯，所以沒有人直接發動攻擊。現場也沒有任何一個人抵抗，軍隊就那麼順利進入寺內，來到似乎是信長所在之處的房間。信長當時剛洗完臉，正在擦手，一個打頭陣進入房內的傢伙朝他射了一箭。那枝箭射中信長背部，信長回過頭來，拔下背部的箭，拿起長刀展開一陣對戰。對戰中，信長一邊手臂中彈，退進寢室後便切腹自殺。」除了這種說法，還有另一種說法是：「信長中彈後，就在寢室附近放火。」沒人看見後來發生了什麼事，所以完全不知道到底怎麼了。

同樣一件事，切支丹・伴天連那群人的報告實在精確，而且還有證據可以證明。因為他們的報告後來以各種形式被保存下來，輾轉被我們取得，各位只要讀過那些資料應該就能了解。另外還有一份由日本人寫成的相關手記傳世，內容寫實，在日本人當中尚屬罕見。我想各位只要將歐洲人寫成的資料，與那份日本人的手記比較看看，就能認同我所說的話。

2　日本舊制距離單位，一丁約等於109.2公尺。

我所說唯一留下寫實紀錄的例外日本人，就是明智陣營當時包圍本能寺的一名大將，名叫「本城惣右衛門」。根據他的記錄，信長之死的前後情況是這樣的。由於本文只是手記，所以這部分也十分簡單——

「軍隊挺進本能寺時，對手沒有人向我們發動攻擊。或許對方將我們誤認為是同陣營的人，看到我們進去了，也沒人發動攻擊。話雖如此，當時也沒有半個人在睡覺。我們小心翼翼地觀察四周，連隻老鼠的影子都沒看到。本以為至少會遭遇兩、三個敵軍反抗，到頭來卻沒有任何一個人出面。我們就在完全沒有遭遇抵抗的情況下，來到信長的寢室。」

像這樣的情況被記錄了下來。

我想這個例子就能讓各位了解，只要是出自日本人之手，沒有多餘繁雜事物、單純明確寫出親身體驗的手記，可以說是幾乎不存在。上述手記事實上是相當特別且特殊的情況，幾乎……不，是所有作者都忘了要去看事物的本態。日本人總在思索他人的想法，不僅獨立的個人自由思考，就連獨立的觀察方法也不見容於日本，即便如此也沒有人想要打破這樣的常規。日本人無時無刻不以一般性（假的也好，只要是一般性就好）做法為豪，日本人堅守的那套思考模式，就是用什麼「怒目而視」、「怒火中燒」之類的說法或方式，用這種無論如何都能蒙混過關的一般性觀察草草了事。同樣風格的手記或紀錄因此陸續出現，也可以說舉目所見都是這種東西。

與這種觀察方式相較之下，歐洲人看待事物的觀點，就是單純根據個別不同事物，不帶任何預設立場地眺望事物本身獨有的個性，同時如實加以記錄，光是這一點就足已讓記述內容擁有極高的資料價值。我們應該尊敬那樣的忠實性。

今天，我們這些所謂的日本人，在模仿外國種種事物時，就這層意義而言必須先深入了解外國的性格還有日本的性格，我特別想強調的是日本人如上述的性格缺點。

上述只是今時今日的看法。令人訝異的是，同樣看法如同我方才提及的「依循事物個性的觀點或觀察方式」等，在過去都曾被視為「婦人之見」，而遭受輕賤。這又是為什麼呢？因為，當時認為男子思考事物理應大而化之，此類枝微末節必須刻意視而不見，就算發現也要佯裝渾然無所覺，這樣才是男子漢大丈夫。這樣的人生觀在古時是主流，曾是擁有絕對權威的日本式人生觀。這種愚蠢至極的觀念導致一般日本人的事物觀察法、世界觀，也就是針對人類的觀察，變得非常遲鈍，完全不觸及實態的抽象思考橫行於世。日本人因此不得不抽象，也顯得孱弱不堪。

如前所述，日本在距今約四百年前與西方接觸，那時候是基督紀元（西元）的一五四三年、十六世紀，在日本就是所謂的天文十二年。正好是足利末期[3]，戰國時代甫揭開序幕之際。然而，歐洲人起初並不是想到日本來，而是因為支那的船遭遇暴風，漂流到種子島。那艘支那船上有三個葡萄牙人。

那三個葡萄牙人都帶著槍砲，因此首度將槍砲傳到日本。而這也是我們耳熟能詳的「西洋槍砲傳至種子島」的歷史，也是歐洲與日本交流的開端。

各位都曾聽說過的馬可波羅在手記中將日本稱為「Zipangu」，並將日本描寫成黃金打造的國度。也因為這樣的描述，志在黃金的歐洲人頓時蜂擁而來，來到日本的人隨之暴增。

而各位熟知的天主教，則是在約六年後的一五四九年七月十五日來到日本。日本自此真正與外國展開政治交流。以天主教歷史的觀點而言，這是非常重要的一天，因為一位名叫聖方濟．沙勿略[4]的人物在這天初次踏上日本的土地。

關於這件史實，有件事我們必須特別提出。那就是，首度踏上日本國土的傳教士聖方濟．沙勿略，當時在歐洲已經是地位數一數二崇高的神父。有個名為「耶穌會」的教派，如各位所知仍存續至今。沙勿略是該教派神聖創始者最親密的伙伴，也是最受信任的同志，被公認是學識最為淵博的神父，備受敬重。話雖如此，耶穌會當初成立是因為天主教在十六世紀初腐敗不堪，著名的馬丁路德創立新教與之抗衡，企圖藉此進行宗教改革，造成天主教名聲一蹶不振，此時有人認為再這樣下去不行，必須回歸天主實質精神與根本初衷，於是高舉「耶穌基督門徒」的大旗，結合意志堅定的同伴創立宗教團體耶穌會。他們將「安貧」、「貞潔」、「服從」立為三大聖願，必須割捨人類一切私欲與私利，全心全意侍奉神。天主教本就是極度要求克己自律、戒律嚴明的宗教。其中，耶穌會更是對於嚴格戒律特別要求，是根據誓約所成立的教派。這個教派在沙勿略抵達日本的九年前，也就是一五四〇年，終於發展成為一個穩固的教派。

宗教這種東西，一旦歷經長久發展總難以避免走上腐敗墮落一途，類似例子不勝枚

---

3 指當時掌握日本實質統治權的足利氏將軍一族。

4 聖方濟・沙勿略（Francisco de Xavier，一五〇六—一五五二）西班牙裔天主教傳教士、耶穌會創始人之一，是首位將天主教信仰傳至日本的人，被天主教會尊為「史上最偉大的傳教士」。

舉，然而這些教派在成立之初是非常虔誠而狂熱的。因此各位要記得，包括首度來到日本的沙勿略，以及之後陸續抵達的神父，全都是在歐洲備受崇敬、品德高尚的神父。

若能據此認知看待這段歷史，就能了解日本在當時受到歐洲的強烈影響，特別是精神層面的感動，可說是驚天動地。這是因為前述的特殊情況，也就是陸續來到日本的全都是在歐洲萬中選一的優秀神父，姑且不論他們本國的宗教情勢如何，對於日本而言，也許是種望外之喜。

至於這位名叫沙勿略的神父為什麼會來到日本呢？事實上，他起初是為了到印度宣教才會遠渡重洋來到東洋。但印度如各位所知是個熱帶國家，印度人是非常怠惰的民族。沙勿略雖然對於當地氣候實在熱得令人沒辦法的非戰之罪也很同情，可是當地人對追求新知甚至可說是毫無熱情。此外，印度自古流傳下來的宗教深植人心，影響力無遠弗屆，也造成當地人完全不想接受新宗教。

聖人如沙勿略面對這樣的情況也覺得悲觀，當下正好有個日本人出現在他面前。那個人叫做彌次郎。

這彌次郎為什麼會來到印度呢？他本是鹿兒島人，某次因為殺人遭到官差追捕，躲進寺廟藏匿，希望能逃過一劫。他有個朋友是葡萄牙商人，於是他拜託那個葡萄牙商人幫忙，擬定潛逃計畫，準備搭上停泊在鹿兒島港口的葡萄牙船偷渡海外。正當他拿著商人的介紹函來到港口，卻發現來了兩艘葡萄牙船。這兩艘船的船長都非常尊敬沙勿略。

船長聽了彌次郎的遭遇大表同情，打算將他介紹給沙勿略，讓他上船後，接著帶他到了麻六甲。

彌次郎後來見到沙勿略，立刻對其人品佩服得五體投地；而沙勿略同樣從彌次郎身上看到熱帶土人所沒有的知識、記憶力以及禮儀，更重要的是那種求知若渴的認真光芒，這讓沙勿略覺得如果日本人就是這樣的人種，那麼這個日本才是自己應該傳教的區域。沙勿略對於彌次郎似乎是真心誠意信奉天主教誨，感到相當吃驚。他後來讓彌次郎進入位於印度果阿邦的天主教學校念書，彌次郎原本就有葡萄牙人的朋友，一到果阿邦，葡萄牙語立即以驚人速度突飛猛進，表現遠勝一般日本人。而且他在理解教義旨趣方面也表現出長足進步，後來在果阿邦的學校中成為無人能及的優秀學者。

在此情況下，彌次郎贏得沙勿略的極大信任。至今的日本歷史學者——我指的主要是撰寫基督宗教歷史書籍的歷史學者，而且大多是信徒——或許是因為沙勿略對彌次郎無上的信任，所以多半對沙勿略的說法照單全收，對於彌次郎的人品賦予高度評價。可是就我這個文學人的觀點看來，卻不是這麼認為的。

我曾試著多方調查這個名為「彌次郎」的青年，然而這個人的背景或來歷似乎始終是個謎，可以確認的部分並不多。他的確曾與葡萄牙人來往密切，但是當沙勿略問到日本的宗教情況，又或是宗教方面的事情時，他總是一問三不知。他對於日本的佛教等等同樣也是毫無了解，可以說是完全的無知，沙勿略曾在書簡中寫到自己因此感覺相當沮喪。然而，只要問題涉及貿易，彌次郎又表現出高度的知識涵養。由此事研判，他之前多半是從商的生意人，年約三十五、六歲。

我認為這號人物應該是個非常擅長交際、世故圓滑的人，對於順應各種境遇變化的處事之道也相當得心應手。基於入境隨俗的道理，既然遇上了沙勿略，彌次郎為順應這位神父想必也費盡了心力。我雖然對他是否真心對沙勿略崇拜得五體投地存疑，然而他殺過人，是很容易對他人動情崇拜的人，就這點看來，他臣服於沙勿略似乎也是情理之中。至於教義中最讓彌次郎感動的部分，聽說是基督受難的故事，所以我認為這個男人必定擁有某種波希米亞性格。彌次郎對於基督受難的著迷可以肯定是真實事件，然而他後來並未成為教徒。

一開始有沙勿略在身旁，彌次郎都表現得非常認真，不久後卻逐漸顯露黑暗的一面。根據史實記載，他後來跟著當時俗稱的倭寇船，也就是一半做海盜、一半做貿易的船隻，跑到支那，還在一個叫做寧波的地方殺了人。

以這樣的人而言，這個叫做彌次郎的男人，在沙勿略身邊時可以說是表現得相當循規蹈矩了。日本這個民族，事實上就是非常循規蹈矩，而人類原本的真實樣貌反倒是比較坦率真誠的，根本就不會那麼死板板、中規中矩的與人往來。我想彌次郎在沙勿略身邊時，不論任何事，應該都是以一本正經的樣子交往應對。沙勿略因此非常信任他。對於日本人這個民族的觀念一開始就已經錯誤，所以後來在看待日本人時也產生了誤解。

在此還有一件有意思的事情。我為什麼會將彌次郎形容成這樣的人呢？例如，當沙勿略詢問彌次郎：「如果我到日本傳教，日本人會立刻受洗成為天主教徒嗎？」彌次郎回答：「不，日本人是相當注重道理的民族，我們不會立刻成為教徒，不過只要有套道理能夠說服他們，就會改信天主。」就這一點而言，彌次郎對於日本人的觀察可說是非常正確。難以想像一個被視為毫無佛教知識的人，能表現出對於人類的正確觀察。

此外，沙勿略說想搭乘葡萄牙船到日本去的時候，彌次郎是這麼回答的。「搭乘葡萄牙船的人都是好色之徒，每次到日本港口都會留下不好的名聲，如果你也搭葡萄牙的船，天主教會受累變得聲名狼籍。所以，請你搭乘中國船去。」後來，據說就安排沙勿略搭乘了中國船。日本的歷史學家對於這件事只是輕描淡寫地表示，彌次郎說過的這段話大概只是個傳說，但是我認為其中或許隱含著彌次郎的真心話。因為，彌次郎擁有強烈的遊戲人間性格，早已深刻體認並充分了解，日本人對於這種乘船之人的海上生活極度反感，所以才會說出這樣的話來。

沙勿略在這個彌次郎的陪伴下來到日本，並且受到日本人的熱烈歡迎，一開始所到之處可說是萬人空巷。畢竟他們帶著約莫七個黑人同行，而黑人對當時的日本人非常稀奇，所以吸引民眾爭相目睹。

沙勿略後來晉見薩摩藩主公——島津氏，取得傳教許可，同時與鹿兒島福昌寺的高僧——忍室[5]結為好友。這座福昌寺為鹿兒島島津家的菩提寺[6]，當時寺內有約百位禪僧，是一間很大的寺院，也是薩摩最大的寺院，所以我想這位名叫忍室的禪僧，應是享譽薩摩的傑出高僧。

沙勿略於是借用這座寺院講道，傳布天主教。

沙勿略與福昌寺的高僧忍室每天都會見面，在各種機緣下，兩人結為摯友。沙勿略當時會找忍室暢談各種話題並記錄下來，相關紀錄仍流傳至今。

有天，沙勿略來到福昌寺時，看見百位禪僧正在坐禪。就他看來，那是一幅相當詭異的光景。

沙勿略於是問：「他們為什麼要這樣？」

忍室回答：「啊，那個嗎？他們是在瞑想，眼下是在苦行。」

沙勿略似乎很難理解，忍不住問：「你說是在瞑想，做那樣的事情，腦袋能想些什麼呢？」

忍室聽到這樣的問題，不由得一笑，答道：「也不是，那群傢伙反正也沒辦法想些什麼正經事。大概就是在想明天能布施到多少，去到的信眾家會端出什麼料理來招待，充其

5 指忍室文勝（？—一五五六），俗姓為荻原，以與沙勿略之間的情誼最為人所津津樂道。

6 泛指為安置祖先牌位以祈求冥福所建造的寺院。

量就是這類事情吧。他們並不會想什麼太偉大的事情。」

這回答還真是具有代表性，所謂的禪宗僧侶正如他所說的，一點也沒錯。正因這位名為忍室的僧侶當時是傑出僧侶，也是人稱的「得道高僧」，這番話聽來更有意義。所謂的「禪」大體說來，正是以完全肯定人類所擁有的人性為起點，而忍室同樣肯定人類自始自終的所有行動，也努力加以實踐。對於他們而言，肯定人性本來就是一切的起點。

禪學基於此等思考邏輯，例如不論人類的堅強或懦弱，總之就是全面加以肯定。並且根據這種努力肯定的基礎追求一條自我心安之路，致力於發掘一個心安平靜的世界。

禪學表面上主張「他人無關緊要，只須追求自己本身的頓悟」，實際上卻反而對他人採取寬大包容的態度。一言以蔽之，是相當慈悲為懷的宗教。

所以當忍室看到修行中的僧侶一本正經地坐禪瞑想，無法說出「他們正處於潛心悟道的境界」，但也認為儘管這些僧侶擁有與生俱來的人性弱點，想的淨是凡塵俗事，也沒道理責備他們。也就是說，他所抱持的想法相當寬容，才會說出這一番話來。

有紀錄顯示，沙勿略聞言十分吃驚，於是立即向祖國報告，日本的僧侶即便在苦行之際也完全不會思索宇宙、神明或真理之類的事物，瞑想期間想的是金錢或料理。

又有一次，沙勿略曾問忍室：「您認為人是年輕的時候比較好，還是有一定年紀後比較好？」

忍室回答：「嗯，年輕時比較好。年輕時比較有活力，也比較能做到自己喜歡的事……。」

在這樣的問答之後，沙勿略又接著這樣問。

「那麼現在有個船員想從A港口乘船到B港口。這時候，您認為他該憑藉自己年輕力壯，直接駛進波濤洶湧的汪洋，在暴風肆虐下勇往直前，還是應該先停靠最近的港口，然後分段停靠各個港口，逐漸朝目的地駛去？哪種做法比較好？」

忍室聞言笑了出來，然後這麼回答。

「不用說，答案很明顯啊。只要朝港口前進就行了，如果很清楚港口在哪裡，也明白自己到了港口會受到歡迎，任何人都會駛向港口。只是，我並不知道我這艘船會駛向哪裡，也不知道自己的目的地是哪裡，所以就算您問我這樣的問題，我也沒辦法回答。」

忍室是這麼回答的。

這位忍室當時非常尊敬沙勿略，而且還很醉心天主教，後來甚至因為自己也想成為天主教徒而苦悶不已。

試想忍室所皈依的禪宗，這個宗教是直接肯定人生，而且是以自我一人的頓悟為目的，藉由坐禪等方式追求僅止於精神層面的平靜心安。就我們看來，那些談論生死大徹大悟的禪宗高僧，似乎已臻頓悟透徹的境界，但是越是高僧就越清楚本身的頓悟有多麼地不成熟。即便是在頓悟的境界，也沒有明確的佛教實踐方法，所以沒有所謂的具體線索。連自己現在正在做什麼都毫無頭緒。

反觀沙勿略，則是將「安貧」列為首要誓願，並以此評斷自己一生。同時，他的一生也將完全奉獻在為他人謀求幸福。

一旦遭遇像這種實踐目標明確的宗教，像禪宗之類的宗教頓時就會變成毫無意義。自己越是高僧，就越能慢慢察覺自己頓悟的內容有多麼空虛。忍室為此感到痛苦萬分。

沙勿略回國後，他的弟子亞美德接著來到日本傳教。忍室拜託他說：「我目前擁有身為禪僧的地位與名望，無法公然成為天主教徒，可以拜託您私下幫我施洗嗎？而且我畢竟是主公菩提寺的僧侶，主公死後，我只能葬在寺內。這也是沒辦法的事，就這一點可以請您包容嗎？」

結果，亞美德斬釘截鐵地回答：「這可不行。您必須捨棄一切名譽地位。若無法捨棄一切，就無法幫您受洗。」忍室後來終究未能獲得受洗。亞美德期間一度回國，接著再次回到日本，當他三度造訪薩摩時，忍室已經逝世。傳說，亞美德得知忍室曾留下遺言表示，對於死前未能獲得受洗感到相當遺憾。

另外還有一個關於禪僧與天主教神父交流的類似史實。沙勿略認識忍室後，去了豊後，在那裡遇到一位名叫深田寺的禪僧。這時候，深田寺望著沙勿略的臉問：「我似乎在哪裡見過你。你有印象嗎？覺得我的長相面熟嗎？」沙勿略聞言大吃一驚。他從未見過眼前這個人，所以也沒見過眼前這張臉，聽到這樣的問題當然會大吃一驚。

他因此回答：「我沒見過你。」深田寺聽了哈哈大笑，此時正好來到了自己的寺院，他同時轉向其他僧侶說：「這個人說從沒見過我。他真是個大騙子呢。」其他僧侶聽了，也流露出大表認同的神情，沙勿略卻是一頭霧水。此時感覺一頭霧水也是情有可原。所以沙勿略質問道：「你這話就不對了。我從來沒有說過謊，現在也沒有道理說謊。你為什麼說我說謊呢？」

深田寺被這麼一問，回答：「你再怎麼裝糊塗也沒用。距今正好一千五百年前的比叡山上，那個幫我找來五百貫錢的商人不就是你嗎？你要是忘了，可就傷腦筋了。還是說你真的忘了？」

這本來就是禪學問答。

但是沙勿略的腦袋卻是頭一遭消化這樣的訊息，完全不知道禪學問答的竅門何在。他不了解也是情理之中，這種問題根本就不是問題。所以他只認為眼前這位僧侶真是個胡言亂語的傢伙。他接著開口問深田寺：「你到底幾歲了？」深田寺回答：「我嗎？五十二歲。」沙勿略聞言，追問道：「五十二歲的人怎麼可能在一千五百年前，在比叡山上借錢呢？這不是很奇怪嗎？這是不可能的。你為什麼要這麼說？」禪僧面對這樣的追問，最後也不得不徹底投降。

換言之，所謂的「禪」有種只適用於禪的世界的共識，彼此根據這樣的共識要弄理論。這個世界必須在「彼此對於一切已有共識」的前提之下才得以成立。例如，當有人問：「如何是佛？」就回答：「佛即為無」又或「乾屎橛」。彼此就在這樣的共識上，顯露了然於胸的神情。不過，那也只是表面做做樣子，至於實際上是否真正了解就是另外一回事了。

因此，若對照「實際上佛就是佛、乾屎橛就是乾屎橛」這種平凡尋常、理所當然的理論時，上述禪學理論就顯得毫無用處。至於，禪學理論遭遇如此言之成理的論點時，是否有力量徹底反駁這樣的論點，而那樣的力量又在哪裡？答案只有一個——唯有實踐與思想合而為一時，才能發現那樣的力量。

只不過這樣的生活方式對於禪僧而言相當艱難，而且禪僧總是專注思考僅成立於共識之上的觀念，毫無實踐。他們都在觀念的世界中摸索「頓悟」，即便可能運用到智能，卻沒人知道自己實際上擁有多少力量。所以當天主教神父這種將一切賭在「實踐」上的宗教家出現在眼前，面對那實際的行動作為時，禪僧絕對是倍感威脅的。因為他們能清楚感受到自己有多麼缺乏實力，多麼難堪。所以信奉禪宗、本身也是僧侶的人，轉而信奉天主教，在當時可說是蔚為風潮。宗教轉向的人數之多，遠超乎今日我們的想像。就現今的觀點看來或許很驚人，然而這都是事實，都被記錄下來了。

經歷與深田寺的問答後，沙勿略離開鹿兒島到了山口。他在山口傳教一段時間，進一步去到京都。當時的京都正處於白熱化的戰火之中，日本陷入不知道誰握有主權的混亂局面。沙勿略對此也感到惶惶不安，僅憑藉一流傳教士的堅持以及熱切的探索心，最後終於找到四處逃竄的足利將軍，當面請求將軍讓他在日本國內傳教。此人在當時投入的工作相當艱困辛苦，但是仍舊突破萬難，達成了目標。從此事也可以看出天主教神父的實踐力。

另一方面，足利將軍面對沙勿略的傳教許可要求，態度也很奇怪。沙勿略當時外表與乞丐沒兩樣，看來像極了窮困潦倒的僧侶，完全不像是位高僧。從他身上感覺不到絲毫威嚴。將軍因此相當失望，所以他問：「你既然對我提出這樣的要求，那有沒有帶什麼贈禮來呢？」沙勿略回答：「我的贈禮在山口。我歷經長途跋涉才來到這裡，所以沒有帶來。」將軍一聽，斷然拒絕道：「沒有贈禮就不用談了。」

沙勿略被拒絕後，只好死心回到山口。沙勿略當時這麼想，「眼下局勢這麼混亂，就算見到了將軍也沒有意義，一點用都沒有。將軍根本就不需要什麼贈禮，還是轉呈給山口的藩主吧。」

沙勿略決定將贈禮轉呈山口的主公，不過有了與將軍見面時的前車之鑑，他這次費了番功夫打點外表。

沙勿略後來身穿華貴盛裝晉見山口的主公，呈上贈禮。主公被那威嚴外表深深震懾，對其肅然起敬。沙勿略因此立即獲得傳教許可。由此可見，盛裝與贈禮成了決定性關鍵。

正巧在此之際，一艘葡萄牙商船抵達前述的豊後。解釋得更為詳細一點，是來到一個叫做臼杵的地方，那個地方就在同樣位於豊後的府內旁邊。

這艘葡萄牙商船聽說東洋傳教士沙勿略來到山口，想招待他上船。沙勿略聽完來使說明緣由，動身前往臼杵。商船上所有人為了沙勿略都盛裝出迎。

反觀沙勿略一如往常地穿得猶如乞丐，既未騎馬也未乘轎，而是徒步前往。不只如此，他在途中還發了高燒，全身滾燙、倦怠無力，來到商船這裡時已是步履蹣跚。

即便旁人勸他說：「請上馬吧。」他也不肯。盛裝出迎的眾人無可奈何，為了配合他，只好特意下馬，緩步尾隨沙勿略身後。一行人後來終於抵達商船停泊之處，船上隨之鳴放六十三發禮炮。

臼杵城內聽到砲聲，以為葡萄牙商船與海盜打起來了，士兵手忙腳亂地蜂擁出城救援。當士兵趕到現場，一問之下才發現一切都是誤會，原來是商船鳴放禮炮歡迎高僧到來。趕到的士兵大吃一驚，回到城內後，如實稟報。

臼杵的主公聽聞此事認為，既然是如此受人敬重的高僧，一定要見上一面才行，於是差遣使者去將沙勿略請來。沙勿略後來就與臼杵的主公見了面。這位主公叫做大友義鎮，日後改名為「宗麟」。這位主公接見沙勿略時，場面實在盛大，因為葡萄牙商船一行人擺出了備極尊容的豪華陣仗。

首先，隊伍最前方是整齊劃一的樂隊，其後跟著身著金銀華服、氣宇軒昂的葡萄牙人騎馬隊伍，緊接著是沙勿略坐在車輿之中，然後由負責護送大批禮品的船長殿後。

一行人呈上禮品拜見後，大友宗麟對於來人的堂堂威儀大為感動，立即准許沙勿略傳教。甚至還有人眼見如此盛況，當場宣布改教。

沙勿略後來布道約一小時，在那短短時間內，接二連三有人宣布改教。這實在讓人驚訝。自此以後，天主教的傳布就變得相當迅速。不過，傳教初期確實是相當艱辛的。要是葡萄牙人當初沒有展現威風凜凜、意氣風發的陣仗，就無法博得信賴與尊敬。要是沒有稱臣納貢，傳教也無法如此順利。他們了解到這樣的事實，後來也都如實向祖國報告。

根據當初的報告，他們還認為日本人的文化相當進步、求知慾旺盛、重名譽、寬容大度，是非常誠實的民族，也具備非常強烈的好奇心。後來傳世的書信中還曾記錄，只要帶著稀奇的物品就能引發日本人的好奇心，讓他們覺得很有魅力，所以帶著黑人一起去或許會比較好。

葡萄牙人有一次曾帶著黑人去見信長，信長看到這個黑人相當吃驚。信長這個人非常理智，他擁有的高度現代知性在日本堪稱罕見。信長當時直覺認為這應該是場騙局，於是要求黑人裸體，甚至脫下對方的丁字褲，用手試著觸摸，卻怎麼樣都想不通。接下來，他還試著用熱水想將黑人身上的顏色洗掉。直到證實眼前的黑人毫無作假，便要求帶著黑人來的僧侶將人讓給他，讓黑人擔任茶僧[7]。

這段歷史記錄在日本史料中。本能寺之變時，這位茶僧也一起拔刀抗敵。茶僧等到本能寺被攻陷，還逃到信長的兒子——信忠所在的二條城，與之一同抵抗明智陣營。然而明智陣營一把奪下他的刀，將刀扔還給他說：「我們是不會殺你的。」他後來被俘虜送到光秀那裡去，因為本身不是日本人而逃過一劫，據說最後被送回了教會。這段紀錄現在還找得到。

7 當時武家內的職務名，「茶僧」雖然名為「僧」、必須剃髮、著僧服，卻不是真正的僧侶。平日負責管理茶室、茶宴，引導訪客、推薦餐點等。

感覺上好像有頭沒尾的，不過時間也到了。雖然沒有具體結論，但容我就此打住。

10 歷史偵查方法論

我在歷史方面還是個小一學生，最近才開始立志閱讀相關書籍，很多事情都不了解。但我這個小一生卻逐漸有個想法，即使面對那些赫赫有名的歷史大師仍甘冒大不敬，想要不吐不快。所謂的歷史與偵探工作一模一樣，然而歷史學者在偵查方面全都是劣等生，方法毫無條理。雖然這不是莫名其妙將犯人關入牢中的大問題，可是就推理方法而言，這些劣等生的學問實在教人不敢恭維。

歷史為什麼會與偵探工作一模一樣呢？因為歷史必須根據證據來判斷史實，除此之外別無他法。根據文獻史料做出判斷是如此，挖掘遺跡古墳的考古學亦然。古人當初不可能知道後世有人挖掘，因此是毫不掩飾地留下遺址，今人固然沒必要從遺址中搜尋殺人犯的指紋，然而偵查工作也並非僅止於追究殺人犯的指紋而已。曾住在這屋裡的人（犯人）之前過著什麼樣的生活？許多物品，乍見用途不明，但是每件物品都必定有其存在理由與使用目的。人們是如何利用這些物品來生活，或是如何用來犯罪的呢？偵探必須縝密調查現場。但是單憑推測並不足以成為證據。若輕率蒐集證據、舉發罪犯，就會遭對方律師攻其不備而一敗塗地。偵探所發現的證據還會呈上法庭進行真偽辯論，不確實的證據隨即會被以「證據不充分」為由加以排除。一審加上二審、高等法院加上最高法院，從偵探發現證據乃至於犯人被定罪，必須傾盡法醫學、鑑識科學等現代總體智慧，辯論證據真偽、判定證據力輕重，最後才能獲得結論。偵探的工作非同小可。不但證據不容絲毫偏見，若非不容質疑或能為眾人接受的證據，都會被視為「薄弱證據」而加以捨棄。真正的偵探工作絕對無法敷衍馬虎。

相較而言，歷史範疇中處理證據的方式可謂輕忽草率。處理證據的方式不容「任憑己意」，可不能說什麼「這就是我的作風」。推斷真相的方法應該只有一個，但是在歷史範疇中並未豎立一套能夠公開審視、在法庭上判定真偽的做法。

我們沒必要開庭爭辯歷史的真偽，「開庭」並非判定真偽的方法。殺人案件會在法庭上辯論是因為有套既定標準判斷證據真偽，所以才能提交到法庭上辯論。可是歷史學者各自的標準莫衷一是，而且一般人也都傾向認為「歷史這樣也就夠了」。然而那所謂的「判定證據的標準」，不論是面對歷史證據還是現代證據，都應該不會有任何改變。判定證據真偽的標準，只有一個。

史學家的工作中有些情況容許偏見的存在，但是不能將此情況與上述情況混為一談。例如在評論信長、秀吉或家康等人物時，能夠容許偏見。不過那是在評論人物，與史學家論斷真偽不同。所謂「情人眼裡出西施」，像是「不論任何人說什麼，我基於這些、那些論點就是喜歡信長」、「因為這個、那個，所以覺得信長很偉大」等支撐或組成偏見的論述，都會被視為有趣的評論。即便是在現代的偵查情況中，關於「畫家平澤大師是不是犯人」的事實認定論述，與「畫家平澤大師很偉大還是笨蛋」或「喜歡還是討厭他」等論述，完全是兩碼子事。同一個人不僅能同時發表事實論述與主觀論述，不論任何人都會覺得同時發表這兩種論述理所當然，一邊的結論不會影響另一邊的結論，兩種論述完全獨立而存在，這是種常識，沒有人會混為一談。

然而，史學家或歷史愛好者有個傾向，那就是往往會將支持歷史評論偏見的論點，與史實判定的方法混為一談，並毫不質疑地加以運用。想要確認證據真偽、評定史實，就必須冷靜探討。這項工作在義憤填膺的情況下是做不來的。

歷史必須列舉證據、判定史實，其推理方法理所當然與偵探完全一樣，但是史學家的推理方法卻完全失常，甚至不知道去懷疑自己失常的方法。以現代偵查之眼觀之，日本史學家的偵查簡直就是神話時代的方法，全都任性地隨心所欲，都不知道該稱之為幼稚還是拙劣。這些人的推理與舉證方式已然失常，加上推理能力拙劣，無論如何博覽群書都毫無意義。對於史學家而言，大量閱讀史料也是一門重要的學問，但是用以釐清史實的偵查之眼與推理能力失常，即便看再多資料都只是徒然。對於歷史這門學問而言，偵查之眼才是核心所在，唯有以細緻且正確的偵查之眼閱讀史料，這項工作才會成為一門活的學問。

直到戰敗之前，國內並不容許對於國家編撰的《六國史》[1]或《古事記》[2]說三道四，或舉證內容錯誤，如今對此多加議論可能過於嚴苛，但是我也常覺得以同情觀點探討相關問題又能如何？不如大家都別碰觸古代史，這樣不就天下太平了。若有偵探只憑藉《古事記》或《日本書紀》的記載判定史實，將其作為分辨證據真偽的標準，並對此等方法毫無質疑，那根本就不值得信任。這與蘇聯政府御用的國家政治保安部（GPU）[3]如出一轍；但是GPU的偵探們肯定明白本身工作的性質，日本的古代史學家卻心悅誠服地堅守「記紀」[4]標準，在偵查能力方面等同於零。明白根據神話立論的史實並不恰當，知道要去質疑「記紀」標準的人才能成為史學家與偵探。結果卻是反其道而行的人，而且還是唯有這種反其道而行的人，才鎮日沉溺於徒然耍弄古代史。他們的偵查方法前後矛盾、慘不忍睹也是想當然爾。

我是歷史的小一生，對於史料幾乎一無所知，如今才總算從那小小的一角開始讀起。

即便只接觸到那小小的一角，日本歷來的歷史偵探所採取的簡便偵查手法就足以讓我啞然失聲。若企圖以這種簡便手法破解現代的殺人事件，恐怕會非常有意思吧。

但是，或許不能只怪罪於日本古史學家，因為這似乎是日本整體的缺點。前一陣子伊東市發生年輕人周作殺害雙親的案件，犯人雖然在現場費盡心思故布疑陣，所有證據卻都指向周作一人。牢不可破的罪證如此之多，也算是特例中的特例。儘管如此，多數市民似乎都懷著慈悲之心，秉持「成長於良好家庭的知識青年周作不可能殺害雙親」的人情理論，完全不明白該將重點放在顯示確切事實的證據上。周作後來的自白語焉不詳，即便已

1 日本飛鳥至平安時期所編撰的六部官撰正史總稱，其中包括《日本書紀》、《續日本紀》、《日本後紀》、《續日本後紀》、《日本文德天皇實錄》、《日本三代實錄》。

2 成書於西元七一二年，日本最古的史書。內容著重天皇家神話、天皇或皇子等相關故事描寫。

3 又稱格別烏，後更名為克格勃（KGB）。

4 是日本歷史書籍《古事記》和《日本書紀》的總稱，取《古事記》的「記」和《日本書紀》的「紀」合稱「記紀」。兩書皆編纂於奈良時代，是記載日本神話、日本古代史的重要史籍。

經自白，還是有很多人說他好像還不算是兇嫌，事有蹊蹺。就連周作住院期間陪在他身邊的護士還有巡警，也都從周作的態度判斷他不是兇嫌。甚至醫院院長，原本判定周作身上的傷是他自己所為，經過多日相處後也開始認為周作的態度不像是一個兇嫌會表現出的態度。接著，甚至爽快地發表談話，表示從證據事實研判他是兇嫌，但是從人品研判他並不是兇嫌。那無數不容質疑的牢固證據，就如同層層疊疊二十層以上的大金字塔，眾人卻寧願漠視這樣的證據，選擇看重那虛無的人情，以及從表面膚淺判定的人品。眾人根據事實上相當不合理又含糊的標準，否定那不容質疑又合理的標準，卻覺得不足為奇。這似乎就是一般日本人的性格，即便是學問高深之人也不例外。

前些日子有位並非歷史學家、但自稱日本名偵探的仁兄寫信給我說：「您曾說『記紀』的作者為了隱瞞史實，才會寫出『記紀』這種偽史。我不認為文化程度低落的古人有辦法如此巧妙地設計出這種複雜計謀。您若無法舉出多數物證，大概也無法證明您本身的論點吧？」

這位自稱名偵探的仁兄，根本不知偵探為何物。說什麼「那傢伙長相兇惡，肯定不是什麼好東西」、「成長於良好家庭的知識青年周作不會是兇嫌吧」、「那種鄉巴佬不可能會設計這種複雜的密室殺人」，這世上沒有先預設立場再去找證據的偵探。笨蛋偵探或許會如此，但真正的偵探會以白紙般的心審視現場，根據證據步步為營、審慎追蹤，思考隨之逐漸推進。

偵查歷史也是相同道理，當然不能預設立場認定「『記紀』就是為了隱瞞史實而造假」。而是在閱讀「記紀」還有其他史料，證據從中逐漸浮現後，才慢慢發現「原來如此，『記紀』是為了隱瞞這樣的事實，才以這種方式造假的啊」。

不論是針對「文化程度低落的古人做不到這麼複雜的事」，還是「儘管文化程度低落，仍有能力做到這種複雜計謀」陷入無謂爭論，又或根據上述含糊立論進行偵查作業都不應該，現場的證據就會透露出各種作假的事實，接下來再據此逐漸推導結論便是。不論是歷史或現代犯罪，偵查作業都是相同的，要做的唯有徹底釐清現場證據所陳述的話語與事實。沒有任何一位名偵探會事先預設立場，認為「那種鄉巴佬不可能會密室殺人」或「成長於良好家庭的敦厚知識青年周作不可能弒親」。此外，不論在哪個國家的法庭上，證據真偽的判定完全根據證據本身的道理與證據力，舉凡如「因為是鄉巴佬」或「因為是平日看來柔弱、成長於良好家庭的知識青年」，都不可能成為左右證據力的關鍵。這位自稱名偵探的人並非歷史學家，不明白歷史也無可厚非，但是若自己撰寫偵探小說或對這方面高談闊論那可就傷腦筋了。如果真有這種憑藉不合理、含糊不清的感性見解行事的偵探出現，顯而易見的是，那個國家肯定會陷入如麻混亂中。偵查工作並沒有那麼含糊不清，也沒有那麼複雜，事實上就只是根據再單純不過的原則行事罷了。一加一必定等於二，絕對不會變成三。就是如此單純的原則。

覺得日方的文獻不足夠，想從外國文獻參考日本的相關記述也無妨，偵查方法總之就是要以單純明快為原則。這樣的原則與「一加一等於二」這種連小一生都清楚明白的原理如出一轍，毫不拖泥帶水。

像是有學者立定雄心壯志希望以對照《魏志倭人傳》[5]的方式，釐清日本古代史，有人因此寫出大長篇的論文，就算篇幅沒這麼長，以中小篇幅論文呈現的相關主題也是不勝枚舉。無論如何，邪馬台國[6]以及當時的女王，對於日本古代史學家而言，似乎是讓人傷透腦筋、怨靈般的存在。

這一點確實值得同情。因為任誰都能感受到「記紀」的神話無法作為可靠史實，任誰都會輕易地認為當時文化程度較高的外國史書，或許會比神話更為可信。這畢竟得歸咎於我們自己的史書太不牢靠，加上國人根本上仍隱藏著崇拜外國的本性，況且受傳喚的又是當時出類拔萃的文化大國的史書。

但是若真將《魏志倭人傳》作為證物呈上現代法庭，偵探的無能隨即昭然若揭，肯定引發旁人質疑「這種東西能當證據嗎」。

問題不在於《魏志》就史料而言是真是假，我們沒必要討論到那種層次的問題。說起倭人傳的內容，就是支那一名旅人碰巧在日本留下足跡，回國後闡述有日本這麼一個國家的遊記。日本人中也有漂流海外的漁夫等留下回憶錄，又或在幕府筆錄中留下遊記。他們多半被扣留在當地很長一段歲月，頗能理解當地風俗或語言，只是那樣的遊記或現代人的遊記都完全無法呈現相對應的事實。

---

5 日本對於中國史書《三國志》中〈魏書・東夷傳〉中倭人條的略稱，內容描述當時居住於日本列島的倭人（日本人）習俗與地理等。

6 據中國史書記載，西元二到三世紀存在於日本列島上由卑彌呼統治的女王國。

現代人對於外國大致都已有初步的認識，即便如此，他們的旅記充其量也只能視為異境探險記之類的讀物，這原本就是理所當然。更何況是個古時碰巧踏上日本國土的外國人，認為他不可能正確敘述日本地理、風俗或官名，也是自然之理。

當然，倭人傳也可能非常正確。那或許是當時支那首屈一指的偵探所寫下的遊記，他慧眼獨具地不放過任何細節，進行縝密調查、詳實記錄，以超乎當時水準的正確性道出了實際狀況。

但若無證據能夠證明這一點，不相信這「萬一」的可能性也是理所當然。即便有二分之一的可能性，若無證明上述情況的事實，也無法成為法庭證據。就算假設《魏志》是支那史料價值最高的史書，以一位異邦人偶然寫下的見聞錄這點而言，問題其實與魏志的史料價值無關。

反倒是日本人偶然造訪支那，在支那留下敘述日本國情的內容，或許還比較具有可信度。可是那個日本人如果是唐津[7]的漁夫，一輩子只知道自己的故鄉，那麼漂流到日本、踏遍日本各地的支那人見聞錄，又顯得比較可信。所以，也不能只因為是日本人敘述本國國情就一概而論地認定具有可信度，因為每個日本人的差異可能天差地別，即便是日本人本身的談話，想要在現代法庭中被認定為釐清古代史的證據之一，說到底都是不可能的。更何況是想將一個異邦人的見聞錄作為釐清犯罪……不，是釐清事實的證據，加以認定，這又怎麼可能會是完美無缺的做法。一笑置之，用在這種東西上是再適合不過的了。

這種理應一笑置之的東西卻被當作釐清古代史的證據，甚至被嚴肅討論，還有幾位學者打算根據這樣的「事實」闡明古代史，著實可悲又可恥。而且，甚至連懷疑《魏志倭人傳》史料價值的人，都紛紛主張《魏志》的成立應該是如何如何，揮舞著歷史文獻學的大刀，鏗鏘有力地展開論述。身為偵探必須察覺的重要觀念全被他們拋諸腦後，那就是「一位異邦人的見聞錄無法成為證明事實的關鍵」本就是自然人性。一加一必定等於二，絕對不會變成三。這理所當然的原則正是釐清事實的共通關鍵，不明白這個道理，即便再怎麼威風凜凜地耍弄大刀，試著搬出無數文獻，都絕對無法闡明真正的歷史。

就當我是苦口婆心，現在我要回過頭來解釋那位自稱名偵探的仁兄可能會有的誤解。

7　位於日本佐賀縣西北部，是歷史上遣唐使離開日本前往中國的港口。

所謂「異邦人偶然寫下的見聞錄不可能成為證明事實的關鍵，此為自然人性」，與「文化程度低落的古人不可能會在史書中設下複雜計謀」兩者看來雖然類似，實際上卻是根本不同的兩回事。

換言之，正因為「記紀」的記載中有各種具體物證，才得以證明其中設下了複雜計謀。而且同時代的其他史書或遺址等也能佐證「記紀」的計謀。偵探永遠都必須根據這樣的物證論證，若想要否定這些物證，就必須依據更為強而有力的物證。如「文化程度低落的古人沒有設計此等計謀的能力」等抽象理由，是無法用來否定證據的。「平常是善良的人，所以不可能殺人」等理由，也絕不可能成為否定他犯行的力量或證據。

就「記紀」而言，我已經列舉出無數物證了。我已經藉由那些物證，證明其中存在計謀。若想否定，就必須以更有力的物證提出反證。

然而，像《魏志倭人傳》就必須反其道而行。如果有學者能從其他各種史料列舉物證，主張這倭人傳所言皆為史實，出示各種不容質疑的多項物證，證明書中內容確為史實，正確描述了日本的地理或風俗，那麼「異邦人當時偶然寫下的見聞錄無法成為證明事實的關鍵」等抽象論調，就會變得毫無用處。物證通常都會比抽象論調更為有力。因為，雖然「萬一」的可能性俯拾皆是，只要在法庭上無法證明那「萬一」的可能性，就難以發揮證據力。所以，若是那「萬一」的可能性獲得證實，有不容質疑的物證證明這見聞錄正確記錄了事實，那又是另一個問題了。屆時「異邦人的見聞錄肯定謊話連篇」的論點，就不構成否定證據的力量。在此情況下，為了推翻對手證據，就必須舉出更有力的物證加以反證。可是只要沒有證據顯示「古代異邦人的見聞錄有時也會正確」的「萬一」的可能性，就不該將之視為史實，用來當作釐清古代史的關鍵之一。遑論「萬一」，即便是有二分之一的可能性，若沒有物證確切證明，就無法成為鎖定犯人的證據。

無論如何，只要有物證，抽象論調就會顯得貧乏無力。儘管外國人偶然踏上未開化國家寫下的見聞錄，正確傳達事實的可能性微乎其微，但是要說文化程度低落的古人沒有能力在史書中設下計謀，卻似乎是過於大膽的論斷。從古自今只要一家興盛、當上大名、累積財富後，自然會想繪製族譜，更何況是原本沒沒無名的人。繪製出源自源氏或平氏[8]等

8　皆為日本歷史上源自皇族的著名大姓。

假族譜，藉此炫耀、自抬身價，這是人性本能。像是神祉傳位、從天狗或仙人那裡修習法術，又或利用溯源書的文句蠱惑愚民、博取信任等招數，對於未開化或文化程度低落之人就越有用。就人性的觀點而言，文化人雖無必要繪製假族譜狐假虎威，但是對於古人而言，族譜的計謀可是至關緊要的重大問題。特別是當他們必須對人民營造出君臨天下的感覺時，不難想像族譜的計謀是他們最關心的大事。

那位自稱名偵探的仁兄可說是本末倒置，完全不符合人性觀點。正因為是文化程度低落的古人，這樣的計謀更是不可或缺且至關緊要，也因此特別擅長熟練這樣的手法。此思維不正是自然人性嗎？然而追根究柢，只要是在物證面前，不論哪種論述正確都毫無意義。

國家圖書館出版品預行編目資料

墮落論／坂口安吾著；鄭曉蘭譯. -- 一版. -- 臺北市：麥田，城邦文化出版：家庭傳媒城邦分公司發行，民103.05
面；　公分. --（時代感；2）

ISBN 978-986-344-093-2（平裝）

861.67　　103007063

時代感 2

墮落論

作　　者／坂口安吾
譯　　者／鄭曉蘭
責 任 編 輯／葉品岑
特 約 編 輯／戴偉傑

副 總 編 輯／林秀梅
編 輯 總 監／劉麗真
總　經　理／陳逸瑛
發　行　人／凃玉雲
出　　版／麥田出版
城邦文化事業股份有限公司
台北市100台北市中山區民生東路二段141號5樓
電話：(02) 25007696　傳真：(02) 25001966
部落格：http://blog.pixnet.net/ryefield
發　　行／英屬蓋曼群島商家庭傳媒股份有限公司城邦分公司
台北市民生東路二段141號11樓
書虫客服服務專線：02-25007718・02-25007719
24小時傳真服務：02-25001990・02-25001991
服務時間：週一至週五09:30-12:00・13:30-17:00
郵撥帳號：19863813　戶名：書虫股份有限公司
讀者服務信箱E-mail：service@readingclub.com.tw
歡迎光臨城邦讀書花園　網址：www.cite.com.tw
香港發行所／城邦（香港）出版集團有限公司
香港灣仔駱克道193號東超商業中心1樓
電話：(852) 25086231　傳真：(852) 25789337
E-mail：hkcite@biznetvigator.com
馬新發行所／城邦（馬新）出版集團【Cite(M)Sdn. Bhd】
41, Jalan Radin Anum, Bandar Baru Sri Petaling,
57000 Kuala Lumpur, Malaysia.
電話：(603) 90578822　傳真：(603) 90576622
E-Mail: cite@cite.com.my

封 面 設 計／王志弘
印　　刷／城邦印書館股份有限公司

■2014年（民103）5月　初版一刷
■2021年（民110）2月　初版四刷

Printed in Taiwan.

定價：320元
ISBN：978-986-344-093-2

讀者回函卡

cite城邦媒體

※為提供訂購、行銷、客戶管理或其他合於營業登記項目或章程所定業務需要之目的，家庭傳媒集團（即英屬蓋曼群島商家庭傳媒股份有限公司城邦分公司、城邦文化事業股份有限公司、書虫股份有限公司、墨刻出版股份有限公司、城邦原創股份有限公司），於本集團之營運期間及地區內，將以e-mail、傳真、電話、簡訊、郵寄或其他公告方式利用您提供之資料（資料類別：C001、C002、C003、C011等）。利用對象除本集團外，亦可能包括相關服務的協力機構。如您有依個資法第三條或其他需服務之處，得致電本公司客服中心電話請求協助。相關資料如為非必填項目，不提供亦不影響您的權益。

□ 請勾選：本人已詳閱上述注意事項，並同意麥田出版使用所填資料於限定用途。

姓名：______________________ 聯絡電話：______________________

聯絡地址：□□□□□______________________

電子信箱：______________________

身分證字號：______________________（此即您的讀者編號）

生日：____年____月____日 性別：□男 □女 □其他______

職業：□軍警 □公教 □學生 □傳播業 □製造業 □金融業 □資訊業 □銷售業 □其他______

教育程度：□碩士及以上 □大學 □專科 □高中 □國中及以下

購買方式：□書店 □郵購 □其他______

喜歡閱讀的種類：（可複選）

□文學 □商業 □軍事 □歷史 □旅遊 □藝術 □科學 □推理 □傳記 □生活、勵志 □教育、心理 □其他______

您從何處得知本書的消息？（可複選）

□書店 □報章雜誌 □網路 □廣播 □電視 □書訊 □親友 □其他______

本書優點：（可複選）

□內容符合期待 □文筆流暢 □具實用性 □版面、圖片、字體安排適當 □其他______

本書缺點：（可複選）

□內容不符合期待 □文筆欠佳 □內容保守 □版面、圖片、字體安排不易閱讀 □價格偏高 □其他______

您對我們的建議：______________________